Faut-il brûler
Sade?

要焚毁萨德吗

［法］西蒙娜·德·波伏瓦 著

周莽 译

Simone de
Beauvoir

上海译文出版社

本书最初由伽里玛出版社于一九五五年出版，列入"随笔"（*Les Essais*）丛书，题目为"论特权"。

目　录

前　言

这些杂论写作于不同时期，是通过各自不同的视角，却都回应着同一个问题，即特权享有者如何能够对自己的处境进行思考？旧贵族阶级认识不到这一问题：他们捍卫自己的权利，他们使用这些权利却并不费心去赋予它们以合法性。上升阶段的资产阶级则相反，他们打造了一种对自身解放有利的意识形态；成为统治阶级后，资产阶级无法想象杜绝这种意识形态的遗产。但是任何的思想都是旨在普遍性的：按照普遍方式来为拥有一些特别利益而辩护并非轻易之举。

有一个人，他敢于系统地承担起自己的特立独行、与世人隔膜、利己主义，他就是萨德。我们的第一篇研究就是献给他的。他作为用利剑来确立自己特权的那个贵族阶级的后代，受到资产阶级哲学家们的理性主义思想的吸引，他曾尝试在两个阶级的态度之间进行一种有趣的综合。他通过自己最极端的形式，要求将自身的愉悦作为绝对法则，企图从意识形态上确立这一要求。他失败了。不论是在他的人生中还是在他的作品中，他都不曾克服唯我论的那些矛盾。至少他的功劳在于他曾经张扬地揭示出特权只可能是利己主义意义的一厢情愿，不可能在所有人眼中赋予特权以合法性。通过将暴君的利益与奴隶的利益置于不可调和的地位，他预感到了阶级斗争。这正是为何普通的特权享有者对这个极端的人感到恐惧。承认这样的不公正，便是承认别有一种正义存在，就是质疑自己的人生和自我。这种解决办法不会让西方的资产阶级感到满意。资产阶级希望安然地拥有自己的权利却不需努力、不冒风险：他们想要把他们的公正变成普遍的公正。我的第二篇文章是对一个个别案例的分析。鉴于文化本身是一种特权，许多知识分子站在最大利益的阶级一方：我们将看到他们中间的一位是通过哪些作假和怎样的诡辩来重新努力混淆普遍利益和资产阶级利益。所有这些案例中，失败都是注定的：特权享有者不可能从学理上承担起他们的实践态度。他们除了浑浑噩噩和自欺之外别无良策。

要焚毁萨德吗

专横，易怒，急躁，在各方面都走极端，在与风化相关的想象力的错乱方面平生无人能比，我是达到狂热地步的无神论者，简言之，我就是这样，要么再给我来一下杀死我，要么就接受这样的我，因为我是不会改变的。

他们选择了杀死他，先是用监牢的烦闷煎熬来杀死他，然后是用毁谤与遗忘；这样死去，他自己曾经希求如此：一旦墓穴重新封合，就撒些橡子在上面，为的是以后……我坟墓的痕迹从地表消失，正如同我乐于让对我的记忆从人们的头脑中抹去……他最后的那些愿望中，唯有这最后一条被遵从，而且是非常精心地遵从：对萨德的回忆被一些愚蠢的传说①搞得面目全非；他的名字（Sade）本身被掺进这些沉重的词语中：虐待狂（sadisme）、施虐淫者（sadique）；他的私人日记被遗失，手稿被焚毁——应他自己儿子要求所写的十卷《弗洛拉贝尔的日子或被揭露的自然》，他的书被禁；虽然，将近十九世纪末时，斯温伯恩和几位猎奇者对他感到兴趣，但却要等到阿波利奈尔才还给他在法国文学上的一席之地；他还远未正式赢取这一地位：我们可以浏览有关"十八世纪思想"，甚至有关"十八世纪的感性"的一些简明的和详细的著作，其中都对他的名字只字不提。我们理解，为了反对这种可耻的沉默，萨德的支持者将他奉为天才的先知：他的作品在同一时间里宣告了后来的尼采、施蒂纳、弗洛伊德和超现实主义；但是这种崇拜，如同一切崇拜，是建立在某种误解的基础上，轮到他们通过将这位"神圣的侯爵大人"神圣化来背叛他；当我们希求理解的时候，他们却命令我们去爱戴。既不把萨德变成一个恶徒也不当做一个偶像，而是将他当做一个人、一位作家，这样的批评家屈指可数。多亏了他们，萨德终于重回地上，回到我们中间。但是确切说来他的位置何在呢？他有什么值得我们关注的呢？他的推崇者本身也乐于承认，他的作品就其大部分而言是难以读懂的；从哲学意义而言，他的著作能超脱凡俗的原因仅仅在于陷入了前后不一的矛盾。至于他的淫邪，也并不因为其新奇而让人吃惊；在这一方面，萨德并没有发明什么，我们在精神病学论文中遇到大量与他的情况至少是同样奇特的案例。说实话，萨德既不是作为作

---

① 老年萨德让人带给自己成篮的玫瑰花，他快意地嗅闻它们，随后冷笑着将花放进溪流里玷污；如今的记者们已经让我们了解了这一类的逸闻是如何生产出来的。——原注

家也不是作为性变态者引起我们关注：我们关注他是由于他所开创的在自我这两个侧面①之间的关联。他没有把那些反常当做一种被赋予的天性来加以承受，相反他却建立起一个巨大的体系，目的是为这些反常之处要求权利，当他这样做的时候，他的那些反常之处便取得了自身的价值；从反方面说，只要我们明白了通过他书中的啰嗦、老套、笨拙，他在试图向我们传达一种经验，但这经验的特殊性却是无法传达的，这时候他的书便会吸引我们。萨德曾经尝试将自己的心理—生理的宿命转变为一种伦理选择；他借着这一行为来承担自己与世人的隔绝，他声称要将此举变成一个范例和一种号召：由此，他的遭遇披上一层广义的人文内涵。我们能够不否定自己的个体性而满足对于普遍性的渴望吗？或者只有通过牺牲我们的差异，我们才能融入集体呢？这一问题涉及到我们所有人。在萨德这里，差异被一直推向丑闻，他文学创作的巨大数量向我们展示出他是以怎样的激情在希望着被人类共同体接纳：如果不向自己说谎，任何个体都无法逃避这种冲突，而我们在萨德身上看到的是这一冲突的最极端形式。这是一个矛盾，在某种意义上说也正是萨德的胜利，也就是说由于他固执于自己的特殊性，他帮助我们从普遍意义上定义了人性的悲剧性。

---

① 即作家与性变态者。

为了理解萨德的发展过程，为了在这一历程中把握他那一份自由，为了衡量他的成败得失，必须准确地了解他个人处境的资料。不幸的是，尽管他的传记作者们很热情，萨德这个人和他的故事在许多方面仍是无法弄清楚的。我们没有他的任何确实的肖像；他的同时代人给我们留下来的对他的描述是非常贫乏的。马赛诉讼案的陈述告诉我们他在三十二岁时"漂亮面孔，圆脸"，中等身材，穿着一件灰色燕尾服、一条金盏花颜色的丝绸套裤，帽子上带着羽毛，别着佩剑，手里拿着一根手杖。根据一七九三年五月七日的一份住所证明，他在五十三岁时是这个样子："身高五尺二寸①，头发几乎全白，圆脸，前额开阔，蓝眼睛，鼻子平常，圆下巴。"一七九四年三月二十三日的体征描述略有不同："身高五尺二寸一分，中等鼻子，小嘴，圆下巴，半白金发，椭圆形脸，前额开阔而高起，浅蓝色眼睛。"那时他已经失去了"漂亮面孔"，因他在此前几年从巴士底狱写信说：由于缺乏锻炼，我的体态如此庞大以至于我几乎不能动弹。当夏尔·诺迪埃一八〇七年在圣佩拉吉监狱遇到萨德的时候，正是这种肥胖首先使他大为惊讶："庞大的肥胖身体大大阻碍了他的行动，阻碍他施展残存的优雅和高贵，人们尚能从他的举止中找到一些它们的痕迹。他疲倦的双眼却

① 与后文的"分"一样，法国古长度单位，1 法尺等于 325 毫米，1 法寸等于 1/12 法尺，1 法分等于 1/8 法寸。

保留着某种说不出的闪光和狂热的东西，时不时在眼中重新活泛起来，就像熄灭的木炭上面一粒行将逝去的火星儿。"这些见证，我们所仅有的见证，几乎无法让我们联想出独特的样貌；据说诺迪埃的描写让人想到老迈的奥斯卡·王尔德①；这一描述还让人联想到孟德斯鸠、莫里斯·萨克斯；它使得我们想象在萨德身上有着普鲁斯特笔下夏尔吕伯爵的成分；但这是一种极为薄弱的描画。更加让人遗憾的是我们对于他的童年如此缺乏了解。如果我们将瓦尔古的故事当做自传的一个雏形，那么萨德应当很早就经历了怨恨和暴力：他被安排在路易-约瑟夫·德·波旁的身边养育成长，后者正与他同龄，他似乎通过发怒和动粗来对抗小王子自私的蛮横，他下手是那么的粗鲁，以至于必须让他远离宫廷。阴暗的索玛纳城堡和破败的埃布勒伊修道院的日子影响了他的想象力，这是毋庸置疑的；但是对于他短暂的求学岁月，关于他的军队历程，关于他作为惬意的上流社会人士和放荡子的生活，我们并不了解什么有价值的东西。我们可以试着从他的作品来推论他的生活：这正是克洛索夫斯基曾经做过的，他从萨德对他母亲所怀有的仇恨中看到了解释他的人生与作品的关键；但是他归纳得出关于母亲在萨德写作中所起作用的假设；也就是说他局限于从某个角度来描述萨德的想象世界；他未向我们解释想象世界在真实世界中

---

① 参见德博尔德《萨德侯爵的真面目》。——原注

的根源。实际上，先验地根据一些普遍框架，我们猜到萨德与他父亲、母亲的关系的重要性；而在各自的细节上，这些关系都是超出我们的了解的。当我们开始发现萨德时，他已经定型，我们不知道他如何成为那样。这样的无知使我们不能了解他的倾向和他自发的行为表现是怎样的；他的情感的特质，他性生活的特殊特征在我们看来是一些我们仅仅能够感知到的资料。这种令人遗憾的空白带来的结果是萨德的私隐生活永远非我们能够了解；任何解释都会遗留下一处残余，这是唯有萨德的童年历史才可能说明清楚的。尽管如此，我们的认知理解不得不接受的这些局限，不应让我们灰心；因为，我们已经说过，萨德并不将自己局限于被动地承受这些最原初选择的后果；他身上让我们感兴趣的东西，远不止于他的那些变态行为，我们感兴趣的是他用来承担起自己这些变态行为的方式。他将自己的性生活变成一种道德观，这种道德观是他通过文学作品表达出来的。萨德是通过成年后这一深思熟虑过的行为确立了自身真正的独创性的。造成他的那些趣味的原因我们仍然不能明了；但是我们可以把握他是如何将这些趣味变成一些原则，把握他为何将这些趣味发展到狂热的地步。

　　肤浅地看来，二十三岁的萨德与他那个时代所有的世家子弟相仿；他有教养，喜好戏剧、艺术、读书；他不守规矩；供养着一个情妇，叫伯瓦森，他还流连烟花柳巷；按照父亲的意愿，他毫无激情地同一个小贵族出身但很富有的姑娘成了婚，她就是勒内-佩拉吉·德·蒙特勒伊。正是在此时爆发了此后终其一生都将引起反响的——而且不断重复的——那一幕：萨德在五月份结婚，在十月份被捕，这是由于他自六月起去一家妓院中犯下的过分行为；逮捕的原因很严重，以至于萨德写给典狱长一些惊恐万状的信件，信中哀求他代为隐瞒这些事情，否则，按他的说法，他将会无可挽回地完蛋。这则插曲让我们预感到萨德的情爱方式已经具有某种令人担心的特点；作为对这一假设的肯定，一年之后，马雷警探警告那些老鸨不要再给侯爵找任何姑娘。但这一事实的价值不在于它给我们提供的这些情况，而是更多在于它对于萨德本人情况的揭示：在他跨进成年生活的门槛上，他猛然发现在自己的社会生活和个人快乐之间是不可能调和的。

年轻的萨德丝毫不像个革命者，甚至也不算叛逆；他准备原封不动地接受社会；他顺从父亲①，以至于在二十三岁时接受父亲安排的自己不喜欢的妻子，他不指望世袭意义上所注定的命运之外的东西：他将成为丈夫，父亲，侯爵，上尉，领主，摄政官；他根本不希望拒绝他的地位和妻子娘家的财产给他保障的那些特权。然而，他却同样无法从中得到满足；有人提供

---

① 克洛索夫斯基惊讶于萨德没有向父亲表现出任何怨恨；但是萨德并不本能地厌恶权威：让一个人使用和滥用他的权利，他接受了，萨德作为父系财产的继承人，他反对社会最初只是在个人的和情感的范围，通过女性来进行：他的妻子和岳母。——原注

给他事由、职衔、荣誉；没有任何事业、任何东西让他感兴趣，让他感觉到乐趣，让他激动；他不愿意仅仅做这么个公众人物，由社会约定和常规来节制他的一举一动，而是想做一个活生生的个体；只有一个地方，在那里他能够肯定自己，那并非他的婚床，在这床上萨德是被诚正的妻子以过分听天由命的方式来接纳的，而是妓院，在那里他购买解放梦想的权利。与那个时代大多数年轻贵族相同，他是其中一员；他们是一个没落阶级的遗老遗少，这个阶级曾经掌握具体的权力，但现在对世界已经不再有真实影响，他们试图从象征意义上在床笫之间复活他们所怀恋的那种境遇，即独自享有主权的封建独裁君王的地位；德·沙罗莱公爵和其他一些人的性放纵是臭名昭著的和血腥的；萨德所渴望的也正是这种君主权威的幻想。人们享有快感的时候在渴望着什么呢？想让你周围的一切都只照顾你一人，只想着你一个，只在乎你一个……在做爱的时候没有一个男人不想成为专制君主。暴君统治的沉醉直接导致残忍，因为这个放荡子通过虐待为他服务的对象，体会到一个强健的人在挥洒自己力量时所能品尝到的所有魅力；他在统御着，他是个暴君。

　　说实话，支付约定的报酬来鞭打几个姑娘，这是微不足道的成就；萨德却赋予它如此大的价值，这一事实让他全面受到质疑。让人吃惊的是在他的"小房子"①之外，他丝毫不想

---

① 即妓院。

"挥洒自己的力量";在他身上也看不出任何野心、任何事业心、任何强力意志,我甚至愿意认为他是个懦夫。无疑他有系统地赋予他小说的主人公们所有那些社会看做是污点的特征;他带着诸多善意来描绘布朗吉,这让人认为他将自己投射在布朗吉身上;下面这些话听着像直接的自承:某个坚定的孩子可能吓坏了这个巨人……他变得羞怯和懦弱,哪怕想到最无危险的战斗,想到双方势均力敌,都会让他逃亡到世界的尽头去。即便萨德有时出于糊涂,有时出于慷慨,也能做出些异常大胆的事情,但这并不能驳倒这样的假设,即他对于同类的畏怯态度,更广义地说,是对于当世现实的畏怯。对于心灵的坚定,虽然他多有谈及,这却并非是他所拥有的,而是他所觊觎的:处在敌对的位置,他呻吟着,躁动着,迷惘着。他一直挥之不去的对匮乏金钱的恐惧,反映出一种更为模糊的担忧:他怀疑一切,怀疑所有人,因为他感觉不合时宜。他是不合时宜的:他的操行一塌糊涂,负债累累,无端发怒,在不切当的时机逃避或者让步;他堕入到所有的陷阱中去。这个既烦人又给人威胁的世界提供不了他任何有价值的东西,他也不大知道去要求些什么,他对现世不感兴趣;他将向别处去寻求他的真理。当他写到享乐的激情在同一时间降服并汇集了所有的激情,他向我们提供了对自身经验的准确描述;他让自己的存在服从于情色,因为在他看来情色是唯一可能达到个人存在的圆满的方式;他之所以如此狂热地、不谨慎地、固执地投身其中,那是因为他对于通过淫荡行为来讲述给自己听的那些故事给予的重视超过他身边偶然的事件：他选择了想象的世界。

大概萨德最初以为自己在幻想的天堂里是安全的，一道密闭的隔断似乎将这个世界与严肃的事物分开。有可能，若是没有爆发任何丑闻的话，他或许只不过是个平常的放荡子，由于他的那些有些特别的趣味而闻名于某些特别的场所；在那个时代有很多放荡者，他们进行更加恶劣的放纵而不受惩罚；但我猜想在萨德的案例中丑闻是命中注定的；有某些"性变态者"，海德先生和杰基尔博士的神话①正好适用于他们；他们首先希望能够满足自己的"邪行"却不危及他们正统人物的形象；但如果他们有足够的想象力，就能想象到，渐渐地，由于某一次混杂着耻辱与骄傲的昏乱，他们会暴露自己：比如普鲁斯特描写的夏尔吕，尽管他滑头，却正因为他的滑头暴露了自己。在萨德的不谨慎作为中，何种程度上存在着挑衅的成分呢？不可能得出定论。大概他曾想确立对家庭生活与私密快感的彻底隔绝；大概他不能满足于这种暗地里的胜利，除非是将其推至即将超出这种地下属性的极限点。他的惊奇就像是儿童的惊奇，他敲打一个花瓶直到它破碎。他是在玩危险游戏，他以为自己仍旧是君主，但是社会在窥伺着他；社会拒绝任何的折中办

---

① 苏格兰作家斯蒂文森（Robert Louis Stevenson，1850—1894）的小说《化身博士》中杰基尔博士发明了一种药剂，喝了以后晚上变身海德先生四下作恶。

法，它要求每个个人都是毫无保留的；它很快便掌握了萨德的秘密，并将之列入罪行一类。

　　萨德最初的反应是祈求，是卑微，是羞耻；他恳求让他重新见到妻子，他自责曾严重地冒犯她；他请求给他派一名听忏悔的神父，并向他敞开心扉；这并非纯粹的虚伪；逐渐地一种丑恶的变形发生了：某些自然的、天真的行为，此前还只是快感的源泉，如今却变成可惩戒的行为，愉悦的年轻人变成了人群中的败类。很可能他在童年——或许是通过他与母亲的关系——就经历了悔恨的可怕撕裂，但一七六三年的丑闻却以悲剧性的方式将这种撕裂激活了：萨德预感到今后他终生都将是个罪人。因为他过于看重他那些消遣了，一刻也无法想象弃绝它们；不如说，他通过挑衅来摆脱耻辱感。值得注意的是，他第一桩故意制造的丑闻是紧接着他出狱之后：伯瓦森陪伴他去拉科斯特城堡，她当着普罗旺斯贵族以萨德夫人的名义跳舞并装腔作势，而萨德的随同神父却被迫缄默着配合。社会拒绝给萨德任何地下的自由，企图将他的情色活动社会化：与此相对，侯爵的社会生活今后却将要在情色方面开展。既然不能轻易地将善与恶分离以便轮换着投向善和恶，那就必须正视着善，甚至根据善的原则来要求恶的权利。他最终的态度根植于这种愤恨之情，萨德多次透露给我们这一点：有些灵魂由于长期以来易于情绪波动而显得严酷，这些灵魂有时会走得太远：人们认为是它们的无忧无虑和残忍无情的东西只不过是它们本身才了解的一种比他人更强烈地感知的方式①。而多尔芒塞②却将他的淫行归咎于人类的邪恶：是他们的忘恩负义让我的心干涸，是他们的背信弃义摧毁了我身上那些不幸的德行，也许我同你们一样也是为这些德行而生的呢。萨德后来从理论上建立起来的恶魔道德，最初对于他是一种体验过的经历。

正是通过妻子勒内-佩拉吉，萨德了解了美德的乏味及其无聊：他将它们混同为一种厌恶之情，是唯有一个血肉之躯才能引起的厌恶。但同样是从妻子勒内那里，他欣喜地领会到，通过具体的、肉身的、个体的形式，善是可能在决斗中被打败的；对于他来说妻子并非一个敌人，而是如同她启发他写出的所有那些作为妻子的人物一样，她是首选的牺牲者；她是想要成为共谋的牺牲者。布拉蒙与妻子的关系大概比较准确地反映了萨德与侯爵夫人的关系；布拉蒙乐于在策划针对妻子的最阴暗的密谋时爱抚她；将快感强施于人——萨德早于精神分析学家一百五十年就懂得这一点，他作品中众多的牺牲者在被拷打之前就屈从于快感——也许是一种专制的暴力；装扮成情人的刽子手陶醉于看到轻信的爱人因快感和感激而昏厥，将邪恶混淆为柔情。将如此微妙的快乐与完成社会责任结合起来，这肯定是激励萨德与妻子生了三个孩子

①　见《阿琳和瓦尔古》。——原注
②　见《闺房哲学》。——原注（译者按：多尔芒塞是书中人物。）

的原因。但他获得的要更多：美德成为恶行的同盟者和奴隶。多年里，萨德夫人掩盖丈夫的过错，她满怀勇气地助他从米奥朗城堡脱逃，她为她妹妹与侯爵的密谋以及随后在拉科斯特城堡的放纵提供方便；她甚至使自己成了罪犯，为解除娜农的指控而将银餐具藏在自己行李里。萨德从来没有对她表达任何感激，感恩的念头是一种他以最激烈的方式来毁灭的想法。但显然他对妻子所感到的是那种任何暴君对于无条件地属于自己的东西所抱有的暧昧的友好。多亏了她，他不仅能够将作为丈夫、父亲、贵族的角色与他的快乐协调起来，还确立了淫邪恶行对于好意、热忱、忠诚、体面的显著优势，通过使婚姻制度和所有夫妻间的美德服从于他想象与感官的任意妄为，他出色地对社会加以嘲弄。

如果说妻子勒内-佩拉吉是他最辉煌的成就，那么岳母蒙特勒伊夫人就是对他失败的总结；她是抽象意义的普遍性的公正的化身，个体在那里撞得粉碎；正是为了对付她，他才热切地要求和妻子联盟；如果说从德行方面看来是萨德在诉讼中获胜，那是因为法律失去了许多威力；因为法律最可怕的武器，并非监狱、断头台，而是它用来感染那些脆弱心灵的毒液。在母亲的影响下，勒内感到不安；这位从修道院出来的年轻女子感到了畏惧；敌对的社会渗透到萨德的家庭，毁掉了他的快乐，他自己受到它的掌控；他被指责、被羞辱，他怀疑自己；这正是蒙特勒伊夫人对他犯下的最大恶行：一个罪人，首先是一个受指控者；正是她使得萨德成为罪犯。这就是为什么他永不疲倦地通过他的书嘲弄她，玷辱她，折磨她；通过杀死她，萨德杀死的是她的过错。有可能克洛索夫斯基的假设是站得住脚的，萨德讨厌他自己的母亲：他性生活的特殊性让人想到这一点，但是如果不是勒内的母亲使得母性在他看来变得那么可憎，这种敌意肯定不会一直那么强烈；说实话，她在女婿的生活中扮演着一个比较重要而且比较丑恶的角色，以至我们可以认为他所攻击的只是她。不管怎样，在《闺房哲学》最后几页中他正是让他的岳母受到自己亲生女儿的粗鲁嘲笑。

之所以萨德最终被岳母和法律战胜，是因为他使自己成为这场失败的共谋。不管多大程度上是因为偶然性和一七六三年丑闻中的不谨慎，但肯定在那以后他便从危险中寻求强烈的快感；在这个意义上可以说他希望被迫害，但他却是用愤怒来承受。选择复活节那一天将女乞丐罗斯·凯勒引到他在阿尔科伊的家里，这是在玩火；罗斯被鞭打，受到惊吓，因为没有被关好，她赤裸着逃出去，掀起一场丑闻，萨德不得不为此付出两次短暂监禁的代价。

在普罗旺斯自己的土地上度过的三年流亡岁月中——中间间隔几次服役期，他似乎变得有理智了；他尽心地完成他作为城堡主人和丈夫的职责：他与妻子生了两个孩子，接受索玛纳民众的敬意，整治自己的园林，他读书，让人在他的小剧场演出喜剧，其中一出是他创作的；这样的德行生活却不得好报：

在一七七一年他因债务入狱。被释放时，他对于德行的热情冷却了；他诱惑自己的妻妹，在一段很短时期对于她似乎有过比较真诚的爱意：她是修女，是处女，是妻子的妹妹，这些名目不论从哪方面都使得这场艳遇有些刺激。但他却跑去马赛寻求其他消遣，一七七二年"春药糖果事件"①达到了出乎意料的骇人程度；当他与妻妹逃到意大利的时候，他被缺席判决死刑，同样被判刑的还有他的侍从拉图尔，两人都被以画像形式在艾克斯市的广场上处以火刑。做修女的妻妹躲进一座法国的修道院，在那里终老，他则隐藏在萨瓦省：他被抓获并关进米奥朗城堡，他妻子帮他逃出来，但从此之后他就成了受到追捕的人。时而奔逃在意大利的路上，时而幽闭在自己的城堡，他了解到正常的生活是他以后永远不可能企及的了。时不时地，他会认真当起领主来；一个剧团在他的领地上安顿下来，在那里上演《挨揍并快乐着的绿帽丈夫》，萨德——或许是被这个题目激怒——命令城里的侍从将海报撕掉，这些海报被当做是"制造丑闻而且妨害教会自由"的；他从领地驱逐了一个叫圣德尼的人，他对此人一直怀有不满，他宣布："我有权从我的领地上驱逐所有无法定居的和不肯臣服的人。"这些宣示权威的举动不足以让他觉得有趣；他试图实现自己的梦想，那也是

---

　　①　萨德将掺了春药（斑蝥粉，或称西班牙苍蝇）的糖果分给妓女，与她们群交，被妓女指控。

17

萦绕在他后来书中的梦想：在拉科斯特城堡的孤寂中，他为自己建立起一个后宫，他们驯服于他的种种任性行为；在侯爵夫人的配合下，他在那里汇集了几个漂亮的侍童，一位不识字但外表漂亮的秘书，一位厨娘和一位诱人的贴身女仆，还有两个由老鸨提供的小女孩。但是拉科斯特城堡并非《索多玛一百二十天》中不可攻陷的要塞；社会包围着它。小女孩们逃走了，贴身女仆离开并生下一个孩子，她认定孩子的父亲是侯爵，厨娘的父亲用手枪向萨德开了一枪，漂亮的秘书也被父母要回去了。唯有勒内-佩拉吉完全遵照丈夫指定的角色；其他所有人都要求有属于自己的生活，萨德再一次明白他无法将这个过于真实的世界变成他的剧场。

这个世界并不满足于挫败他的梦想：这个世界拒绝他。萨德逃到意大利，但是蒙特勒伊夫人不原谅他曾经诱惑她的小女儿，她窥伺着他；他回到法国，冒险去了巴黎，一七七七年二月十三日她抓住机会让人把他关进万森讷城堡。他被带回艾克斯，被审判，他逃到拉科斯特，当着驯顺妻子的面与她的女管家鲁塞小姐发展出一段田园恋曲。但是一七七八年十一月七日他又回到万森讷，被当做一头野兽关在十九重铁门之后。

于是另外一则故事开始了：在十一年牢狱中——先是在万森讷，随后在巴士底狱——一个男人咽气，一位作家诞生。这个男人很快就被打垮；他变成了性无能，不知道拘禁的日子要持续多久，他的精神迷惘，陷入不停的妄加揣测的胡言乱语：通过一些没有任何根据的精细计算，他努力猜测着何时是囚禁生活的终结。从智性上看，如同他与萨德夫人，与鲁塞小姐的通信所证明的，他很快就镇静下来。但他的肉体认输了；他从美食的快乐中寻求对缺乏性生活的补偿：他的侍从卡尔特龙讲述说，在监狱中"他吸起烟斗来就像个海盗"，"吃饭顶得上四个人"。按照他的自述，他在各方面都走极端，变成了善饥症患者①；他让妻子送来大篮的食物，脂肪进占了他的身体。在抱怨、控诉、辩护、恳求之中，他仍然以折磨侯爵夫人来取乐：他自称妒忌，怪罪她进行阴险密谋，当她来探望的时候，萨德指责她的装扮，他要求她穿最古板的衣服。但是这些消遣稀少而且平淡。从一七八二年起，他只能向文学来求取生活不再给予他的东西，即躁动、挑战、真诚和所有想象的快乐。而在文学上他也是极端的：他写作就像他吃东西，带着疯狂。继《神父与垂死者的对话》之后是《索多玛一百二十天》、《美德的厄运》、《阿琳和瓦尔古》。根据一七八八年的书目，他那时大概写了三十五场戏剧，六个故事，《一个文人的钱袋》几乎完成；而这书目大概并不完整。

一七九〇年耶稣受难日，当萨德重获自由，他可能希望着，他确实希望着一个新纪元对自己展开。他妻子要求分居，

---

① 与厌食症相反，善饥症患者无节制地吃东西。

一个儿子正准备流亡，另一个是马耳他骑士团骑士，他们对于萨德是陌生人，他称为"肥胖农妇"的女儿也一样。从自己的家庭解脱出来，他这个被旧社会当做贱民的人，将试图融入这个刚刚还给他公民尊严的社会。人们公开演出他的剧作，《欧西田》甚至获得巨大成功。他在"长矛分区"①登记，被任命为主席，他满怀热情地起草着请愿书和抗议信。但是他与大革命的恋曲是短暂的。萨德五十岁了，他的过去使他令人生疑，他的贵族脾气是他对贵族阶级的憎恨无法克服的，于是他再次被割裂了。他是共和派，从理论上讲，他甚至要求一种全面的社会主义并废除私有财产，但是他坚持保留自己的城堡和土地；他尝试着去适应的这个世界仍然是一个过于真实的世界，它粗暴的抗拒让他受伤；这是一个由普遍法则操纵的世界，他认为这些普遍法则是抽象的、虚假的、不公正的；当社会以这些法则的名义来批准杀人的权利，萨德恐惧地引退了。那些太不理解他的人才会惊奇，他非但没有要求使他能够进行拷打和杀戮的外省人民委员的位子，反而由于他的人情味而失去信任；人们不是认为他"喜欢血腥"就像人们喜欢山脉和海洋吗？"让人流血"这种行为的意义在某些情况下对于他可能是激动人心的，但本质上讲，他从残忍中求取的是残忍揭示给他

---

① 法国大革命时期巴黎分成 48 个分区，长矛分区最初叫旺多姆广场分区，改名长矛分区是由于长矛是革命中民众的武器。

的作为意识与自由的东西，同时也是那些特殊个人的血肉之躯和他自己的生命；审判，判决，远远地看着无名者死去，他拒绝这样做。在旧社会中他所憎恨的莫过于它的自以为是，他就是这个社会裁断与惩戒的牺牲品：他无法谅解恐怖政策。当杀戮制度化，那它只不过是一些抽象原则的丑恶表述：它变得没有人性。这便是为何当他被任命为陪审员的时候，几乎总是对那些被告人投票免予起诉；他拒绝以法律的名义损害蒙特勒伊夫人及其家人，而他那时却是掌握着他们的命运的；他甚至被迫辞去了长矛分区主席的职务；他写信给戈弗里迪说道：我认为不得不将位子留给我的副主席；他们想让我叫人推行一项恐怖措施，一项不人道的事情；我绝不愿意。在一七九三年十二月，他被以"温和派"的罪名关进监狱；三百七十五天后被释放，他沮丧地写道：国家对我拘押，断头台就在眼前，这对我的折磨比巴士底狱所有能想象到的痛苦难过百倍。因为，通过这些粗鲁的屠杀，政治异常明白地说明它将人们看做一种简单的物的集合；而萨德却要求在他周围是一个由一些特殊的存在者居住的世界；当罪行是由德行所要求的时候，他当做庇护所的"恶"就消散无形了；"恐怖"被堂而皇之地实施，这构成对萨德的恶魔世界的最彻底的否定。

"过分的恐怖将罪行变得麻木不仁，"圣茹斯特写道。并不仅仅是因为萨德上了岁数，精力衰竭，他的性行为才沉寂的；断头台杀死了情色的黑暗诗篇；要想从羞辱肉体，从颂扬肉体中获得乐趣，必须要看重它；如果可以悠然自得地将人当做物件来对待，肉体便不再有任何意义和价值；萨德仍可以在他的书里复活他过去的经验和重现他旧有的世界，但是他从性情上，从情绪里，都不再相信这些。他仍与他称为桑西布勒①的那个女人保持着关系，但这种关系中已经没有任何肉体的成分。他仅有的情爱快乐，是从欣赏以朱斯蒂娜为灵感的淫秽图画来获得的，他让人用这些画装饰了一间密室：他回忆着，但是不再能起任何冲动，活下去是他唯一的事情，这件事已让他筋疲力尽；他从让他窒息的社会与家族的框架中解脱出来，但是它们的坚固铠甲的保护仍是他必需的，他在穷苦和疾病中苟延残喘；拉科斯特的财产被亏本出售，他很快就挥霍一空；他避到一个农户家里，随后沦落到与桑西布勒的儿子住在谷仓，在凡尔赛的演出中打杂，每天挣四十个苏，一七九九年六月二十八日法令禁止将他从他曾经以贵族身份登记过的流亡者名单中删除，这使他说出了下面这些绝望的话：死亡与贫困，这便是我对共和国的永恒依恋所得到的报偿。他还是拿到了一份住址与公民权证明，一七九九年十二月，他在《欧西田》中扮演法布里斯这个角色，但是在一八〇〇年初，他在凡尔赛医院"冻饿将死"，受着因债务入狱的威胁。在与他作对的所谓自由人的世界中，他是如此不幸，以至于人们可能会想是否他选择

---

① Sensible，法文意为"敏感的"。

了让人再次把自己送进监牢的孤独与安全中去：至少可以说，做出发行《朱斯蒂娜》的不慎行为，做出出版《佐洛埃》的疯狂事情，在书中攻击皇后约瑟芬、塔利安夫人、塔利安、巴拉斯、波拿巴，他肯定并不十分讨厌重新被监禁的想法。不论这是秘密的还是公开的愿望，他的愿望达成了：一八〇一年四月五日他在圣佩拉吉被戴上镣铐，先是关在那里，随后关在沙朗东——魁奈夫人①跟随他到了那里，冒充他的女儿得到了他隔壁的房间——在那里过完了最后的日子。

当然，刚刚被关押时，在数年之中，萨德抗议着并躁动不安，但是至少他能够重新投入那种替代享乐的激情，即写作。他从未停下来过。在离开巴士底狱的时候，他的手稿大多丢失，他以为毁掉了《索多玛一百二十天》的手稿——他小心藏起来的一张十二米的长卷，被人救下来，但他却不知道。继一七九五年写作的《闺房哲学》之后，他创作了一部新的大全式作品：《朱斯蒂娜》的一个完全修改和展开的版本，其后是《朱丽叶》，在一七九七年出版，他否认是自己所作；他公开出版了《情罪》。在圣佩拉吉，他投入一部十卷巨著的写作：《弗洛拉贝尔的日子或被揭露的自然》；虽然没有以他的名义出版，但还应该把那两卷《恒河侯爵夫人》归于他名下。

无疑是由于他此后的生活意义完全存在于写作活动，所以

---

① Marie-Constance Quesnet，即前文提及的桑西布勒。

萨德在日常生活中所希望的唯有平静。他与桑西布勒在精神病院的花园里散步，为病人们写作并排演喜剧；他同意为巴黎大主教来访创作一出即兴剧；复活节那天，他为所在教区的教堂分发圣饼并募集捐款。他的遗嘱证明他丝毫不曾背弃信念，但是他却懒得去斗争了。"他礼貌到了阿谀奉承的地步，"诺迪埃说，"他和善到了过于温和的程度……他满怀敬意地谈论一切众人崇敬的事物。"根据昂热·皮图的说法，想到衰老和死亡让他感到恐惧。"这个人想到死亡便面无人色，看到自己的白头发便昏厥过去。"但他却是安然离世的，一八一四年十二月二日死于"哮喘型的肺部阻塞"。

他一生的痛苦经验中，最突出的特点就是他的人生没有向他揭示过任何自己和其他人之间的同心同德。没有任何共同事业将没落贵族的这些遗老遗少联系起来；对于从降生就注定的孤独，他用一些如此极端的情色游戏来打发，以至他的同辈转而对付他；当一个新的世界来到眼前，他身后却拖曳着过于沉重的过去；他在自我上是分裂的，在他人看来是可疑人物，这位被专制君主制的梦想纠缠的贵族不可能真诚地归附地位上升的资产阶级；虽然他愤慨于资产阶级对民众继续压迫，但民众对他来说却是陌生的；他不属于任何阶级，他宣布它们是自己的敌人；除了自己他没有任何同类。也许，如果他的情感成长有所不同的话，他或许能够反抗这种宿命，但是终其一生，他看起来像是一个狂热的自我中心论者；他对于外界事件的冷漠，他对金钱挥之不去的忧虑，他用来包裹自己放纵行为的那些怪癖的细致，他在万森讷城堡开始的神秘奥义的胡说，他的梦境中精神分裂症的侧面，这些都揭示了一种极度内向的性格。这种与自我的热烈重合，虽然也给他划定了局限，但也赋予他的人生这种能让我们如今对他发出疑问的典范特征。

　　萨德将其情色行为变成他整个存在的意义和表述，所以我们努力去明确其属性并非是闲人的好奇心。如果认同莫里斯·埃纳①的说法，说他尝试了一切，爱过一切，这是在回避问题；淫虐这个词也不会让我们对萨德有更多认识；他显然有着非常明确的性态上的特别体质，但要把握这一点并不那么容易；他的同谋者和牺牲者们对此缄默；两桩爆发的丑闻只是在短暂瞬间里略微掀起平常掩盖放纵行为的帘幕；他的日记，他的回忆录都遗失了，他的书信是谨慎的；在书中他为自己编造的要多于他自我揭露的成分。我设想出一切对于此类事情所能想到的东西，但我肯定没有做过我所想到的全部，肯定以后也做不到，他这样写道；拿他的作品与克拉夫特-埃宾②的《性心理病理学》相比是不无道理的，没有人会设想将后者列举的所有性变态行为归在他头上；同样萨德是按照一种拼合艺术的

---

① Maurice Heine（1884—1940），法国左派知识分子。
② Richard von Krafft-Ebing（1840—1902），德国神经精神病学家。

技巧，有系统地建立起一份人类所有可能的性行为的清单：肯定他没有通过自己的肉体去全部经历过，甚至也不曾梦想过这样。他不仅讲述得过多，而且多数情况下讲述得很糟。他的讲述就如同一七九七年版《朱斯蒂娜》和《朱丽叶》中的插图版画：人物的解剖图和姿势都以细密的写实手法画出，但人物面孔的笨拙单调的宁静却使他们可怕的放纵行为变得完全不真实起来；通过萨德所调配在一起的这些冰冷的放纵，很难从中看出一种有力的自我承认。然而，在他的小说中有一些他特别乐于刻画的情境，对某些人物他表现出特别的好感；对努瓦瑟伊、布朗吉、热尔南德，尤其是对多尔芒塞，他寄予了很多他自己的兴趣和想法。有时也会在某一封信里，在一则小插叙中，围绕着某一则对话，迸出一个不经意的生动句子，反映他本人的心声。我们应该考察的正是这些绝佳的场景、人物和文字。

通俗意义上，性虐待狂意味着残忍；鞭打、放血、拷打、杀戮：萨德作品中最突出的特色的确是传统将他的名字与之联系在一起的特点。罗斯·凯勒那段故事告诉我们他用一根掸衣鞭和一段打结的绳子抽打他的受害者，大概①还用小刀乱划，在划伤上浇蜡；在马赛，他从口袋里拽出一条小羊皮编的掸衣鞭，上面饰有顶端带钩的别针，他让人拿来一些欧石南木的笤

---

① 萨德的供词在这一点上与罗斯·凯勒的证词不能印证。——原注

鞭；在他对待妻子的所有举动中表现出一种明显的精神上的残酷。而他也长篇大论地谈到从让人受苦中所体验到的快乐；但他仅满足于对动物灵性的古典理论的重新翻版，他没有为我们说明什么：这仅仅是通过尽可能强烈的冲击来震撼我们的神经丛；然而，无疑痛苦比快乐更能强烈地感染人，加诸他人身上的这种感受对我们造成的震撼本质上属于一种更有力度的震动。让一次震撼的强力变成快感的意识，萨德也没有破除这种故弄玄虚。幸好，他进行了一些更加真诚的解释。事实是这样的，萨德的全部性活动以之为基础的、作为他的全部伦理的出发点的原始直觉，就是将交媾与残暴完全等同。如果人类之母①的意图并非对交配和发怒同等对待，快感的爆发会是一种狂怒吗？有哪个健全人……不渴望……对自己的快感施以暴力呢？在萨德提供给我们的对正在享受快感的布朗吉公爵的描写中，应当看出作者本人的性风化伦理类型的一种移换：骇人的喊叫、可怕的亵渎神灵的话语从他膨胀的胸腔里发出，火焰似乎正从他的眼睛里冒出，他满口白沫，嘶叫着……他甚至要将人勒死。根据罗斯·凯勒的证言，萨德自己"开始发出一些很响、很吓人的叫喊"，然后割开捆住受害者的绳子。"香草与镣铐"那封信证实了他体验的性高潮就像与癫痫病发作相似的一种发作，同狂犬病一样具有进攻性并能致人死地。

---

① 指自然。——原注

这种特殊的暴力如何来解释？我们疑惑是否萨德实际上是性衰弱的；他的许多主角——比如他所珍爱的热尔南德——都很虚弱，难以勃起和射精；萨德肯定经历过这些折磨；但似乎是过度的放纵导致了他的这种半阳痿状况，这同样也是他描写的许多浪荡子的情况。但在这些人中间，许多是很有"禀赋"的，萨德经常暗示他自己性情的猛烈。相反，热切的性渴求与极端的情感上的"孤立主义"的结合，我觉得这是解释萨德情爱生活的关键。

　　从少年时代直到入狱，萨德肯定是以一种急迫的方式，甚至偏执的方式，经历了欲望的种种撩拨；相反，有一种经验似乎是他所不了解的，那就是动情的经验。在他的故事中性快感从来不表现为忘我、昏厥、放任：比如让我们将卢梭的感情抒发同萨德笔下努瓦瑟伊、多尔芒塞狂乱的渎神话语相比较；或者将狄德罗《修女》中修道院院长的不安与萨德描写的同性恋女子粗鲁的快感相比较。萨德的人物身上，雄性的攻击性不因寻常的血肉化身而稍有所减；哪怕是一刻，他都不曾在自己的兽性中迷失：他仍旧是那么清醒，那么理智，哲学意味的话语不仅不会在他的冲动中有所妨碍，反而对于他是催情的。在这具冰冷、僵硬、抗拒任何迷恋的躯体中，我们看到欲望与快感以发怒的形式爆发出来：它们像是一种器官的突然病变将他摧垮，而不是构成在主体的心理和生理统一中所经历的一种态度。多亏了这种过度失衡，性行为才创造出这种君主式的享乐的幻象，在萨德看来这有着无可比拟的价值，但是他缺少了一个主要方面，整个性虐待行为都是在努力补足这种缺失。通过动情，存在作为主体性和被动性同时通过自我和他者得到了把握；通过这种暧昧的统一，一对伴侣相互混同；每一方都从面对自我的在场中解脱出来，达到了与他者的直接沟通。加之于萨德身上的诅咒——是只有他的童年生活才能向我们解释的——正是这种自闭，使他永远无法忘记自我，永远无法实现对别人的在场。如果他生性冷漠，那么便不会出现任何问题，但他却具有一些本能将他推向这些他无法与之结合的陌生对象：他必须创造出一些特殊的方式来把握它们。后来，当他的欲望厌倦，他将继续生活在这个情色世界，他通过感官性、无聊、挑衅、怨恨将情色世界变成在他眼中唯一有意义的世界：而他后来那些伎俩的目的在于引起勃起和性高潮。但即使是在这两者对他来说轻而易举的时候，萨德也需要一些迂回手段来赋予性行为以意义，这种意义在性行为中初步形成却无法完全实现：这是他的意识在肉体中的一种逃逸，是一种对他者的感知，这种感知是通过肉体把他者看做意识。

通常，因为双方对另一方的血肉之躯头晕目眩，于是每一方都各自陶醉于自身的肉体。如果主体一直禁闭于自己意识的孤独之中，那么主体就避免了这种动情的迷乱，它只能通过一些再现手段才能与他者会合；一个理智而冷静的情人贪婪窥视着情妇的快感，他需要证实这是出于自己所为，因为他没有其他手段来达到他自己作为有血有肉的人的状态：我们可以称这种行为是虐待狂的，这种行为用一种精心思虑的暴虐来补偿这种与他人的割裂。我们已经看到，萨德知道将快感强加于人可能是一种暴力行为，他的专制有时就是采取这种形态；但是这并不让他满足。首先，他厌恶由一种共同快感所产生的平等：如果为我们效劳的那些东西感到快乐，那么它们此后往往顾及自己多于顾及我们，我们的享乐就受到干扰。想到看着另一个人像自己一样享受，这样的想法将他引向某种平等，这平等危害到专制让人感受到的那些无以言状的诱人之处。以一种更为决断的方式，他宣称：任何共同分享的快感都会被削弱。而且愉悦的感受太微不足道；只有被撕裂，流着血，这样的肉体才是以最戏剧化的方式呈现的肉体。没有任何感觉比痛苦的感觉更加强烈，更加尖锐：痛苦的感受是切实的。但是为了通过强加于人的痛苦让我自己也变成肉体，必须让我从另一方的被动性中辨认出我自己的处境，必须让对方有自由和意识。放荡者一定会抱怨不已，如果是面对没有丝毫感受的麻木不仁的对象的话。这就是为什么肢体的扭曲和受害者的呻吟对于刽子手的快乐来说是必不可少的，以至于韦纳伊给他妻子头上戴上一种帽子来将她的叫声放大；在反抗中，受折磨的对象被确认为我的同类，而我通过他为媒介来达到那种最初无法达到的灵与肉的综合。

如果说所追求的目标既是超脱自我也是发现外来者的存在

30

这个事实，那么还有另一个途径开辟出来，即让别人对自己施暴。萨德深谙此道；他在马赛用掸衣鞭，用笞鞭，既是为了让人抽打自己也是为了鞭打别人；这在他那里的确是最平常不过的做法，他书中所有主人公都快乐地让人抽打自己：如今没有人怀疑鞭打拥有一种很有效的功用，可以恢复因纵欲过度而磨灭的活力。还有另一种方式来实现自己的被动性：在马赛，萨德让他的侍从拉图尔为自己肛交，拉图尔似乎非常习惯于为他提供这类服务；他书中的主角们争相效仿；他用更为激烈的词句，高声宣布最大的快感是通过将主动肛交和被动肛交相结合来达到的。没有任何变态行为是他如此频繁而且如此乐于谈论的，甚至是带着那么多激烈情绪来谈论。

对于那些喜欢用一些明确的标签来对人进行分类的人来说，立即就出现两个问题：那么萨德是个肛交者？他其实是受虐狂吗？关于肛交这方面，他的生理特征，他的侍从扮演的角色，在拉科斯特的那个不识字的漂亮秘书的存在，萨德在作品中赋予这种神奇事物的巨大意义，还有为这种行为辩护的热情，这一切证实这是他性行为的一个本质特征。当然，女性在他的生活和作品中都起着重要作用；他见识过众多的女孩，供养伯瓦森和其他一些不那么重要的情妇，诱奸了他的妻妹，在拉科斯特城堡聚集一些年轻女子和小女孩，与鲁塞小姐调情，在魁奈夫人身边离世；这还不算由社会强加给他、却由他重新塑造的、将他与萨德夫人结合在一起的关系。但是他与她们是怎样的关系呢？应当注意，关于他的性行为所收集到的仅有的两个证据中，我们看不出萨德以正常的方式"了解"①过他的伴侣们；在罗斯·凯勒的案例中，他通过鞭打她来得到满足，他没有触碰过她；他对马赛那个妓女提议让仆人或者不然就由他"由后庭来了解"；因为她拒绝，他满足于用手摸了摸，而他让拉图尔从后面"了解"自己。他书中的主角们以夺走小女孩的童贞为乐：这种流血的亵渎神圣的暴力激发萨德的想象。但是即便当他们调教一位处女的时候，他们喜欢把她当男孩对待更胜于让她流血；萨德笔下不只一个人物对女性的"前部"感到深深的厌恶；其他一些人物更为折中一些，但他们的偏好是明显的；对于《一千零一夜》如此快乐地称颂的女性身体的这个部位，萨德从未称赞过；对那些以正常的方式占有妻子的娘娘腔，他只有蔑视；虽然他与萨德夫人生有孩子，但我们也看到了是以什么为条件；鉴于在拉科斯特进行的那些古怪的集体放纵，谁能证明是他自己让娜农怀孕的？当然，不应当将他小说中那些同性恋者宣扬的观点归在萨德名下，但是《索多玛一百二十天》中他借主教之口说出的论点是接近他的真心的，足以使我们能将此当做他的自承；关于快乐，他说道：男孩子比女孩子好；让我们从恶的一面来看待他，恶几乎总是快乐中

---

① 原文 connu，是 connaître 的过去分词，法文有"见识"、"经历"、"了解"等意思，法文本《圣经》中男子与女子结合也用此词。

真正的诱人之处；与一个完全与你同类的人一起，比与一个与你不同的人一起，罪恶会显得更大，而此刻的快感也是双倍的。萨德很可能曾写信给萨德夫人，说他的唯一错处就是太过于喜欢女人了，这是一封冠冕堂皇而虚伪的信；通过一种小说中的辩证法，他在书里将最辉煌的角色分配给女性：她们身上的邪恶与传统意义的女性柔弱形成惊人反差；当她们通过罪恶来克服她们天生的卑贱，她们比男人更显著地证明任何情境都无法禁锢一颗狂野的心的跃动，但是她们之所以在想象中变成最出色的刽子手，那是因为她们在现实中是天生的受害者：奴颜婢膝，泪眼汪汪，受人愚弄，消极被动，萨德的所有作品都贯穿着他在现实中对女性感到的蔑视和厌恶。他在女性身上所憎恨的是他自己的母亲吗？人们还可能疑惑，萨德憎恨女性是否是因为他在女性身上看到的并非是与自己互补的一方，而是自己的翻版，因为他从她们那里得不到什么；他笔下的那些女恶棍比主人公们更有热情和活力，这不仅仅是出于审美的原因，而是因为她们与他更为接近。我丝毫不认为，像人们所声言的那样，萨德在那个呻吟不已的朱斯蒂娜的身上找回自己，但是朱丽叶带着骄傲和快乐承受与她姐妹同样的待遇，萨德肯定是认同于她的。萨德感觉自己是女性，他责难那些女性是因为她们不是他所渴望的男性：所有女性中最伟大、最怪诞的是迪朗，萨德赋予她一个巨大的阴蒂，使她在性方面能够表现得同男子一样。

对于萨德来说，女性在何种程度上是不同于代用品和玩具呢？这是不可能说清楚的；可以肯定的是他的性生活主要以肛门性交为主。萨德对金钱的迷恋①也证实了这一点；那些骗取遗产的故事在他的生活中起着巨大作用；在他的作品中盗窃似乎是一种性行为的表现，提到盗窃便足以引起性高潮。虽然我们拒绝对贪婪进行弗洛伊德式的解读，但是有一个不争的事实是萨德高声承认的，那就是他的嗜粪癖。在马赛，他将一些糖衣杏仁交给一个妓女，对她说"这有助于放屁"，因为没有收到预期中的好处，他表现出很失望；同样让人吃惊的是，他曾尝试过以最深刻的方式来为自己作出解释的两项疯狂之举便是残暴和嗜粪癖。他对此的迷恋程度如何？在马赛进行的实践与他在《索多玛一百二十天》中描述的粪便大餐的放纵之间有着很大距离，但是他给予嗜粪的重视，他对嗜粪的步骤，尤其是准备工作的描写的细致，证明这并非理论上冷静的创作，而是情感迷恋的幻想。另一方面，监牢中萨德不同寻常的善饥症不能仅仅从他的无所事事中得到解释：只有当肠胃功能与性功能之间仍然存在着儿童期的等价关系的情况下，吃东西才可能是情色行为的替代物；这两者的等价关系在萨德身上一定始终保持着；他将食物的放纵与情爱放纵紧密联系起来；没有什么激

---

① 法文 engouement，是"肠腔积粪"，同时也是"迷恋"、"不舍"的意思。我国传说中有貔貅，状如金蟾，大嘴无肚，只进不出，与此文中意义可以参照。

情比贪杯和贪食更加与淫荡相合了，他解释说；这种混淆的极致是食人肉的幻想：喝血液，吞精液和粪便，吃孩子，这是通过摧毁欲望对象来满足欲望；快感不包含交换，也不包含馈赠、互惠和无私的宽宏；他的暴虐是吝啬的暴虐，选择消灭无法吸纳为自己所有的东西。

萨德的嗜粪癖还有另外一重意义：如果说在淫荡行为中讨人喜欢的是肮脏之物，那么这东西越是肮脏，它就应该越讨人喜欢。在最显著的性吸引力中，萨德列出衰老、丑陋、恶臭；这种龌龊与情色的联系在他身上同残忍与情色的结合一样都是原发性的，也可以用相似的方式得到解释。美好过于简单，人们通过某种智性判断来把握美，这种智性判断不会让意识从孤独中脱离，也不会将身体从冷漠中脱离；龌龊丑恶并不会使人卑贱，与肮脏打交道的人，就像伤人或弄伤自己的人一样，他实现了自己作为肉体的存在；正是在不幸和屈辱中肉体变成一个深渊，精神沉陷其中，互相分离的个体也在其中会合；被痛打、被插入、被玷污，只有这样萨德才能做到破除肉体挥之不去的在场。

但是他并非通俗意义上的受虐狂，他辛辣地嘲笑那些让自己受女性奴役的男人。我将他们抛给戴着镣铐的低贱快乐，镣铐的性质便给了它们压垮他人的权利；让这些畜牲到让他们变得卑贱的无耻勾当中去苟延残喘吧。受虐狂的世界是神奇的；这便是为何受虐狂几乎总是有恋物癖的；恋物对象——鞋子、裘皮、马鞭——承载着能量，有能力将他变成物；这正是受虐狂所刻意寻求的：通过变身为麻木不仁的物来自我毁灭。萨德的世界从本质上是理性的和实际的；有助于他的快感的恋物对象——不论物质的或者人身的——是一些毫无神秘可言的工具；他明显将屈辱看做一种骄傲的诡计；比如圣丰①就宣布说：某些放纵行为中的屈辱充当着骄傲的借口。谈到放荡者，萨德说：卑贱奴化的状态指的是这样一种状态，你将他投入这种状态来惩罚他，但这状态却让他喜欢，让他觉得有趣，觉得愉悦，他由于做得过分而活该被这样对待而在其中自我陶醉。然而不管怎样在这两种态度之间有着一种密切的亲缘关系；之所以受虐狂想要迷失自我，那是为了让自己被这个他妄图与之混为一体的客体迷住，这一努力将他重新引导到自己的主体性；通过强求伴侣虐待他，他是在对伴侣实行专制；他的令人屈辱的暴露，那些遭受到的折磨，也在侮辱和折磨着他人；反过来说：通过玷污与伤害，刽子手也在玷污和伤害自己，他参与到这种他所揭示出的被动性之中，努力将自己把握为他所施加于人的这些折磨的动因，但他却作为工具，也就是作为客体来达到自我；故而我们可以将这些行为统一在施虐受虐狂名下；只不过应该当心，尽管这个词的普遍意义，这些行为却可以具体地提供丰富的多样性。萨德并非是扎赫尔-马佐赫②。

---

① Saint-Fond，萨德的《朱丽叶》中的人物。

② Leopold von Sacher-Masoch（1836—1895），奥地利作家，作品中描写性受虐狂。

他的独特之处，就是某种意志的张力，这种意志努力去实现肉体却不迷失其中。在马赛，他让人鞭打自己，但是时不时地他冲向壁炉，用小刀在管道上刻下他刚才挨鞭的数目：屈辱立时翻转为炫耀；在被肛交的同时，他抽打一个姑娘；这是他最喜爱的性幻想之一：被鞭打和被阳具插入，而同时鞭打并插入一个屈服的牺牲者。

我已经说过人们可能会误解萨德这些特异之处的意义和影响，如果仅仅限于将它们看做一些简单的资料；它们始终是承载着伦理意涵的。从一七六三年的丑闻开始，萨德的情色生活就不再仅仅是一种个体的态度：这同样是对社会的一种挑战。在给妻子的一封信中，萨德解释他如何将自己的那些趣味变成一些原则：这些原则和这些趣味被我一直推到痴狂，他写道，而这狂热正是我的暴君们迫害的杰作。激励着任何性行为的至高意图就是想成为罪犯：残暴或者玷污，正是实现这种恶。萨德直接将性交作为残忍、撕裂和过错来体验；通过怨恨，他执拗地要把握其中的黑暗；既然社会与自然勾结起来想让他在享受快感时成为罪犯，那么他就将罪行本身变成快乐。罪恶是淫荡的灵魂。如果没有罪恶伴随，那么享乐会变成什么？使我们激动的并非淫乱的对象，而是罪恶的念头。在折磨和嘲弄一位漂亮女人的快乐中，他写道，有着亵渎或者玷污奉献给我们祭祀的供品所给予的那种快乐。如果说他选择在复活节那天来鞭打罗斯·凯勒，那并非是偶然的；正是在嘲讽地向她提出为她做忏悔的时刻，他的性兴奋达到顶点；任何春药都不如对善发出挑战来得有威力：我们对于重大罪行所感到的欲求总是比我们对于小的罪行所感到的欲求强烈。萨德施恶是为了感觉自己有罪吗？或者他是通过承担犯罪感来逃脱犯罪感呢？把他归结为这两种态度中任一种都是对他的片面理解；他不安于沾沾自喜的下流龌龊，也不安于满不在乎的厚颜无耻；他不断地在咄咄逼人与良心不安之间戏剧化地摇摆。

因而我们可以大略看出萨德身上残酷与受虐狂的影响力。此人将暴烈脾气——似乎很快就泄气——与一种近乎病理学意义的情感"孤立"结合起来，他通过自己承受的或者施加给别人的痛苦来寻求一种对意乱情迷的替代。他的残酷有着非常复杂的意义。首先，残酷是作为交配本能的极端而直接的实现而出现，是对其完全的升华：残酷肯定了对另一个客体与占主导的主体进行彻底分离，它旨在对人们无法贪婪地吸收进来的东西进行嫉妒的摧毁；尤其，它并不以冲动的形式来实现性高潮，而是以有预谋的方式来尝试引起高潮：它使人能够通过他者来掌握意识—肉体的统一，将这种统一投射到自我；最后，残酷放肆地要求被自然与社会归入情色一类的犯罪特性。另一方面，通过让人为自己肛交，鞭打和玷污自己，萨德同样还把自己揭示为被动的肉体；他满足自我惩戒的欲望，接受人们必然会让他感到的负罪感；而随即他通过挑战从谦卑回到骄傲。在完整的萨德虐恋场景中，个体释放自己的天性，同时知道它是邪恶的，以进攻性的方式按原样接受它；他将复仇与犯错混同起来，将过错变成荣耀。

有一种行为可算同时是残酷与受虐的最极端的完成形式，因为主体同暴君、罪犯一样以一种特权方式从这一行为中来肯定自我，那便是杀戮。人们过去往往支持这样的看法，即杀戮构成虐恋的最高形式：在我看来，这种观点是基于一种误解。当然是出于辩解的目的，萨德在书信中才这样竭力自我辩解，说自己从来不曾是杀人凶手，但是我认为杀人的念头是让他发自真心地厌恶的。的确，他在故事中过多容纳了一些骇人的屠杀：这是因为没有任何恶行的抽象意义能有杀戮的意义这样显而易见；杀戮代表着对一种没有法则没有恐惧的自由的强烈诉求。而且在纸上，作者无限地延长受害人的垂死状态，他得以使这特殊的一刻成为永恒，在这一时刻中清醒的意识仍驻留在一个正在降格为物的躯体中；在无意识的躯壳中仍然吸进鲜活的过去的气息。但是实际上，一个暴君能拿这个麻木不仁的物，即这具尸体，做些什么呢？无疑，从生到死的过渡中有着某种令人眩晕的东西，虐恋者着迷于意识与肉体的冲突交战，他会很愿意幻想着自己成为这个如此彻底的变形过程的创作者。但是如果说他偶然实现了这种特殊经验是纯属正常的话，这种经验却不可能给他带来最极致的满足；这种人们企图对之施加专制直至将之消灭的自由，在自我消亡的同时，它也滑落到专制能控制住它的世界之外；萨德描写的主人公们之所以无穷尽地增加着屠戮，那是因为任何屠戮都无法满足他们；具体说来，对于折磨着放荡自由派的那些问题，屠戮并不带来任何解决方法，因为放荡者追求的目的并非仅仅是快感；没有人能那么满怀激情地和不怕危险地投身到对某种感受的追求，即便是这种感受有着癫痫病发作的强烈程度；不如说，最终精神上受到的刺激，由于其直白显著，应当确保着事情的成功，而此项事业中的玄妙所在是远远超过了精神的刺激的，但是往往与此相反，精神上的冲击会让进程停下来，不去完成，而且如果借助杀人来延续，那么杀戮只会注定事情的失败；布朗吉带着狂怒勒人脖子，这狂怒正是性高潮本身的狂暴，在这狂怒中有着绝望，在狂怒中欲望没有得到满足便熄灭了；他事先预计的快感没有这么狂野，也没有这么错综。《朱丽叶》中的一节也是很有寓意的；努瓦瑟伊被年轻姑娘的谈话燃起欲火，他通常不大喜欢孤独的快乐，也就是说在孤独的快乐中人们独自献身于一个性伴侣，于是努瓦瑟伊叫来了他的朋友们。我们人不够多……不，别管我……我的激情凝聚在这唯一的一点上，就像被玻璃汇聚在一起的太阳光线着起火来，激情立刻烧着了炉灶上的东西。他禁止自己杀戮这样的过度行为，并不是因为抽象意义上的顾虑忌惮：不如说他了解在杀人的紧张痉挛之后他将重新感到受挫的压抑。我们的本能向我们指示出一些结果，这是如果我们满足于顺应对之的直接冲动便无法达到的结果；必须要克服冲动，反映它们，巧妙地创造出方法来满足它们。正是一些外在于我们的意识的在场将会帮助我们更好地相对于它们采取必要的退却。

萨德的性形态并不属于生物学范畴：这是一个社会性的事实；他所陶醉其中的那些性放纵几乎总是集体性的；在马赛，他叫了两个妓女，而且有自己的侍从陪伴；在拉科斯特，他为自己组建了一个后宫；在他的小说里，那些放荡鬼形成一些真正的社群。好处嘛，首先这样一来提供给他们更多的放纵的排列组合，但是这种情色的社会化有着一些更为深层的原因。在马赛，萨德称呼自己的侍从为"侯爵大人"，希望看着仆人顶着自己的名字去"认识"某个姑娘，而不是自己亲自去"认识"：在他眼中情色场面的再现要比亲自体验到的经历更有趣味。在《索多玛一百二十天》中，那些性幻想先是被讲述出来然后才被践行：通过这种一分为二，行为就变成了一种表演，是在执行的那一刻从旁冷眼观瞧的表演；因而这行为保留着由孤独和兽性的狂热所蒙蔽的意义；因为如果纵欲者与自身的行为完全同步，而受害者也与自己的情绪完全同步，那么自由和意识便丧失在肉体的迷失之中；那样的话，受害者只是愚昧无知的苦痛，纵欲者则只是神经痉挛性的快感；多亏了围绕在他们身边的那些见证者，一种在场被保持着，这种在场帮助主体本身也保持着在场。他正是希望通过那些再现来到达自我，为了看见自我必须被人看见；萨德对受害者实行专制，对于那些观看着他的人来说，萨德是一个客体对象；反过来说：通过从

41

一具他正施暴的肉身上来观看他自己所承受的暴力，他作为主体从自己的被动性中重新把握住自我；自为与为他的混同得以完成。为了赋予性行为一种恶魔内涵，一些共谋者是尤其必要的；正是通过他们，所施行或者承受的行为才披上一种确切的形式，而不会被冲淡为一些偶然时刻；因为变成真实，任何恶行都被证明是可能的、平常的，人们对恶行如此熟悉，以至于很难判定它是应当谴责的；为了感到吃惊，感到畏惧，必须要从远处观察自己，透过外人的眼睛来观察。

但是这种对他人的借助，不管有多么可贵，仍然不足以去除虐恋意图中所包含的那些矛盾；如果在亲身经验中无法把握存在的模糊统一，便永远无法以智性的方式来重新建构这种统一。从定义上讲，再现既不与意识的私密同步，也不与肉体的浑噩同步；而且再现更无法将两者调和；一旦分解开来，人类现实中的这两个时刻便相互对立，只要追寻其中之一，那么另一个便躲藏起来。如果主体给自己施加过于强烈的苦痛，主体便迷失、认输、失去主权；过度的卑贱导致一种与快乐相左的厌恶；残酷实际上是很难施行的，除非是在一些非常低微的限度之内；而从理论上讲残酷包含着一种矛盾，以下这两段文字便反映出这种矛盾：当屈服与遵从不来向我们提供魅力，最至高无上的吸引也属无用，还有：必须对欲望的对象施暴；只要那对象一屈服，便有更多的快乐。那么究竟在哪里才能遇到自由的奴隶们呢？必须满足于妥协；同一些受雇佣的、以卑劣方式求得同意的妓女一起，萨德有些超越了所商定的界限；对于在驯顺中保留着某种人性尊严的妻子，他仅止于少许暴力行为，但是理想的情色行为却永远不会实现。这正是萨德借杰罗姆之口所说的这些话的深层含义：我们在这里做的事情只是我们想要做的事情的影像。这并非仅仅因为一些真正重大的恶行实际是被禁止的；那些人们在最极端的谵妄呓语中可能提到的恶行本身仍会让作者失望：向太阳进攻，剥夺宇宙的阳光，或者用它来点燃世界，这算是些罪行吧！但是这梦境之所以显得让人平静，那是因为罪人在梦境中投射了他自己的毁灭还有宇宙的毁灭；当他幸存下来，他仍会重新觉得挫折压抑。虐恋中的罪行永远无法与激起这罪行的动机互相投合；受害者始终只是一个寓意体，而主体只能作为意象来把握自己，而两者的关系只是对于剧情的戏仿，这剧情是从两者无法沟通的亲密关系中来对它们真实地掌握；这就是为何《索多玛一百二十天》中的主教"从来不会在施行一桩罪行的那一刻不是在设想着第二桩的"。密谋的时刻对于放荡者而言是一个特殊时刻，因为他此时可以忽略谎言被揭穿的事实，现实注定要以此来与他作对的。如果说讲述故事在虐恋的放纵中起着一种首要作用，很容易唤醒一些血肉之躯不再能激活的感官，那是因为这些感官只能通过它们的不在场才能完全让人得到。实际上，只有一种方式能满足于性放纵所产生的幻想；那就是将希望寄托在它们的非真实性本身。通过选择情色，萨德选择了想象；只有在想象中他才会做到带着确信安定下来而且没有失望的危险；他在全部作品中都重复了这一点，即感官享受始终受想象支配。只有通过利用自己想象力的各种任性妄为，人类才可能希图幸福。正是借助想象，他摆脱了空间、时间、监狱、警察，摆脱了不在场带来的空虚，超脱晦暗的在场，超脱存在的冲突，超脱生死和所有矛盾。萨德的情色并不是通过杀人来完成圆满，而是借助文学。

　　第一眼看来，似乎萨德在写作的时候只是同其他许多人一样，他所做的只是对他囚徒处境作出反应。这个想法对于他并不陌生：一七七二年在拉科斯特上演的一出戏剧无疑是由他创作的，插叙内容是迫于蒙特勒伊夫人的关照，包含着一些由他撰写的"短短几页"，很可能是一些对于性生活的记录；不到四年，刚被关进万森讷监狱，他就开始着手一部真正的作品。在同一座城堡的另一件囚室内，米拉波同样也在痛苦呻吟着"我被活埋进一座坟墓里"，他试图从写作中得到一种消遣：翻译、下流信件、对于地下文学的评论，他试图消磨时间，同时让肉体得到消遣，尝试着破坏与他敌对的社会；萨德遵从着类似的动机；他让自己有事做；不止一次，在写小说的同时，他不得不给自己手淫；他也想向刽子手们复仇；他带着快乐的狂热写信给妻子：我敢打赌，你曾想象通过迫使我接受对肉体的罪过的残忍的禁绝来创造奇迹。好啊！你错了……你使我形成幻想，我将来必须实现的幻想。但是如果说是对他的囚禁导致了他下决心，那么这种决心却有着更深的根源。萨德在自己的放纵行为中总是向自己讲述故事，但是充当他的幻想的寓意体的现实，如果说将自身的厚重赋予了这些幻想，同时也通过其阻力来妨碍着幻想；物体不透明的晦暗将意义淹没：相反词语包含着的却正是这些含义；孩童就已经知道墙上的涂鸦要比它们所指涉的器官或者动作更加淫秽，因为淫秽的意图以其纯粹形式从中得到确立；所有亵渎行为中，亵渎神灵是最容易和最可靠的；萨德笔下的主人公们不厌其烦地闲聊，在罗斯·凯勒事件中，他自己也乐于发表长篇大论。写作比说话更能够将纪念碑般的厚实赋予一些形象，写作经得起所有的非议。多亏了写作，美德在被揭露为伪善和愚蠢的那一瞬间还保留着它危在旦夕的威望；罪行在其辉煌中仍旧只是有罪的；在一具垂死的躯体里，自由仍然能够跳动。文学使萨德得以释放和确定他的梦想，也使他能够克服任何恶魔体系都包含的那些矛盾；远胜于此，文学本身就是一种恶魔行为，因为它以主动进取的方式展示一些犯罪的幻想；这正是赋予文学以无可比拟的价值的东西。一个"孤立主义者"如此满怀激情地投身于一种与人沟通的努力，人们之所以认为这是自相矛盾的，那是因为人们错误地理解了萨德；他根本不是愤世嫉俗的人，他并不是爱野兽与原始森林超过爱人类的人；与他人隔绝，这种让人无法接近的在场一直纠缠着他；虽然在最私密的生活中他要求外来的意识作为见证，但他希望将自己展示给广大的公众，展示给他的书籍所希求的读者，这都是正常的事情。

难道他所渴望的只是制造丑闻吗？在一七九五年，他写道：我将交付你们一些伟大的真理；人们将会遵从它们；它们将会被思考；虽然它们并非都讨人喜欢，至少会有几个存留在世，我将会对启蒙的进步有所贡献，那么我将是欣慰的。[①] 还有在《新朱斯蒂娜》中：向人们隐匿一些如此本质性的真理，那正是以不正确的方式爱他们，不管结果是怎样的。在担任长矛分区主席之后，他以集体的名义撰写了一些演讲稿和请愿书，在他最乐观的时刻，大概为充当人类的代言人而沾沾自喜过；从他这一经历中，他所记取下来的不是事情可憎的一面，而是真正的财富。这些幻梦很快就烟消云散了，但是如果认定萨德是邪恶成性便过于简单化了；在他身上真诚与自欺古怪地掺杂在一起；他乐于让真相造成丑闻，但是之所以他以制造丑闻为己任，那是因为丑闻揭示真理；在他咄咄逼人地为自己的错误申求权利的时候，他是在给予自己理由。对他故意冒犯的公众，他同样想向他们传达一个信息：他的文字反映着他与已知世界及他人的关系中的左右为难的矛盾。

更值得吃惊的是他所选择的表达方式；他以如此善妒的方式培养起自己的特殊性，人们可能会预想他同样会试图用某种特殊形式来表达自己的经验，就像洛特雷阿蒙所做的那样。但

---

① 《闺房哲学》。——原注

是首先，十八世纪提供的抒情的可能形式不多；而且萨德厌恶那时候人们与诗歌混为一谈的乏味无聊的多愁善感；对于"遭诅咒的诗人"，那个时代的时机还不成熟。而且萨德也不具备什么资质来从事一些意义重大的文学上的大胆之举；一位真正的创造者应当——至少在某一方面，在某一个时刻——彻底地将自己从既定世界中解脱出来，而且超出其他人之外，从一种完全的孤独中矗立起来。但是在萨德这里，有着一种他的傲慢难以掩饰住的羞怯的软弱；社会已经扎根于他的内心，即便是以负罪感的形式；他既无手段也无时间来重新创造世界、人类和自我；他太着急了：他急于自我辩解。我已经说过，通过写作，他首先在努力赢取内心的安宁；为了做到这一点，他必须逼迫他人来赦免他的罪过，甚至认可他；他进行辩护而不是自我肯定；为了让人听到自己，他向社会借取一些文学形式和可靠的理论主张。他是被一个理性主义世纪培养起来的，在他看来没有任何武器比推理更加可靠。他曾写道：普遍道德的任何原则都是某种真实的幻象，他驯顺地屈服于同时代审美的普遍的约定俗成，屈服于普遍逻辑的自负。因此他的艺术和思想得到了解释：虽然他要求自我的权利，但他总是同时在尝试着为自己求得谅解。他的创作是一项进退维谷的事业，无法彻底走向犯罪的同时破除自己的负罪感。

因此，萨德偏爱的文体是戏仿，这是正常的，显而易见的。他并不尝试建立一个新世界：他仅限于通过模仿的方式嘲弄这个被强加于他的世界；他先是假装相信那些这个世上的众多的幻象：纯真、善良、热忱、慷慨、贞洁；当他在《阿琳和瓦尔古》、《朱斯蒂娜》、《情罪》中矫情地刻画美德的时候，那不仅是一种谨慎之举；他用来装点朱斯蒂娜的那些"虚饰"只不过是文学的做作：如果想要去激怒美德，那就必须给予美德一种真实性。在面对不道德的非议而捍卫自己的故事的时候，萨德虚伪地写道：如果周围的邪恶的特征不够明显，有谁会因为使美德突现出来而沾沾自喜呢？但他的意思却正相反：如果读者不落入对于善的幻景，那么怎样给予邪恶以滋味？欺骗正直之士要比令他们震惊更加给人快意，在纸上写下一些甜蜜的曲笔描述的时候，萨德品尝到虚言欺骗的强烈快感。不幸的是，通常他的自娱自乐要多于让我们觉得有趣；他的语言往往与他所戏仿的那些卫道士故事有着相同的冷漠，相同的乏味，故事各环节的展开总是按照一些同样枯燥无味的惯例。然而正是借助戏仿，萨德才取得了他艺术上最辉煌的成就。如同莫里斯·埃纳所指出的那样，作为黑色小说的先驱，萨德受到理性主义过深的影响，这使他无法沉入怪异幻想；当他放任乖张想象的时候，我们不知道应该欣赏他史诗般的激昂还是他的反讽；神奇之处在于他的反讽足够微妙而不会毁掉他的谵妄胡言；相反，反讽给予他的胡言乱语一种干瘪的诗意，使之免于我们的怀疑。他懂得适时将这种晦暗的幽默转向针对自我，这只是一种简单手法；将耻辱与骄傲，真理与罪恶相混同，萨德身上有着辩论的天才；他耍滑稽的时候正是他最严肃的时候，当他的自欺昭然若揭的时候正是他最真诚之时；他的嚣张往往掩饰着一些天真的真理，而他通过一些冷静的推理来滔滔不绝地讲述一些骇人听闻的事情；他的思想被用来挫败那些想要将他的思想定格的人，正是这样才达到了他的目的，那就是让我们感到忧虑。他的思想形式本身就倾向于让我们困惑；他用一种单调而局促的声音说话，他开始让我们厌烦，而突然苦涩的、嘲弄的、下流的，一种真理照亮这些阴郁背景，放出它的强光；在他的快乐、暴力、露骨的粗俗中，萨德的风格变成一位伟大作家的风格。

但是没有人会想到将《朱斯蒂娜》与《曼侬·莱斯科》或者《危险的关系》排在一起。矛盾的是，正是萨德作品的必然性本身给他规定了他的美学局限：他面对这种必然性没有采取一位艺术家所必需的距离；想要重新创作现实的同时来对抗现实，他缺乏必要的超脱；他不曾与自我针锋相对：他满足于将自己的幻想从自我中投射出来；他的讲述具有精神分裂症梦境的非现实性、虚假的精确和单调：正是为了自己的愉悦，他才讲述这些故事给自己听，并不操心去将这些故事强加给读者。俗世的阻力在这些故事中并不被提及，萨德在内心隐秘处遭遇到的那些更加悲情的抵触也没有提到。酒馆、地窖、神秘城堡，黑色小说中的这些配套场所在他的作品中取得一种特别含义：这象征着意象的隔绝；这种感知指向既定的整体，所以也指向其所包含的障碍；这种意象是绝对驯服而可塑的；人们从这意象中只看到人们赋予它的内容，这是魔幻的领地，在这里没有任何力量能够推翻这位孤独的暴君；当萨德企图从文学上赋予它一种难明属性的时候，他所摹写的正是这一意象。因此他并不关心任何真实事件都依之定位的空间和时间参照；他所提到的场所不属于这个世界；其间展开的并非是一些历险故事，而是鲜活的画卷；延续的时间与萨德的世界没有交集；在他的作品中不交代任何未来，在他的作品中也没有未来。不仅他邀请我们赶赴的那些放纵不发生在任何地方、任何时间，而且更为重要的是，这些行为也不关系到任何人；那些受害者被定型在他们眼泪汪汪的卑贱之中，而刽子手们被定型在他们的疯狂中；他快意地从他们身上梦想着自己，而不是赋予他们自己鲜活的厚度；他们不知悔恨，几乎不知满足，不了解什么叫厌恶，他们冷漠地杀人，这是一些恶的抽象化身。但是如果他将自己抽离了任何社会的、家族的和人类的背景，那么情色便失去了其非凡的特性；情色不再是冲突、启示、特殊经验；它不再发现个体之间的戏剧性联系，而是转向了它生物学意义的粗俗；如果到处展现的只有肉体，享受快感的或者受到折磨的肉体，人们如何来感受那些彼此陌生的自由之间的敌对或灵魂跌向肉体的堕落呢？恐怖本身也会消弭在那些过分的描写中，意识无法在其中具体在场；从爱伦·坡的《水井与座钟》这样的短篇中之所以散发出那么多的焦虑，那是因为我们感受到主体的内心处境；萨德的主人公们，我们只能从外部把握他们；他们与弗洛里安①的牧羊人一样的矫揉造作，活动在同样的独断专行的世界中；这就是为什么这些黑色的田园牧歌有着自然主义裸体营的那种朴素无华。

萨德详尽地展现的那些性放纵有系统地穷尽了所有人体解剖的可能性，而不是去发现特殊的情感意义上的情结。但是，虽然他未能给予它们一种审美的真实，却提前感受到一些此前还让人料想不到的性行为的形式，尤其是这样一种集合形态：对母亲—性冷淡—智性思考—被动肛交—残忍无情的憎恨。人们称作邪恶的东西与想象之间的联系，没有人比他更有力地指出这一点；而有些时候他以让人吃惊的深度向我们展开一些对于性生活与存在之间关系的洞察。那么是否应当在心理学的领域将他奉为一位真正的创新者呢？这可不容易作出结论。他过于像一位先驱，或者又太不像了；如何衡量一种按照黑格尔的话讲还没有"成为"真理的真理的价值呢？正是从它所总结的经验中，从它所建立的方法中，某种思想获得教益；某个命题的新意吸引我们，如果没有任何论证能证明它，我们便不大知道应该在何种程度上相信它；要么我们被诱使着去用它最终因之而丰富起来的所有意涵来使之壮大，要么就相反，我们想去

---

① Jean-Pierre Claris de Florian（1755—1794），法国小说家、诗人、寓言作家。

51

把它的影响力降到最低。因而不偏不倚的读者面对萨德犹豫不决；往往在某个书页的转回处，他会遇到一个意想不到的句子，就像是开辟出一些全新的道路，但是思想随即突然停顿；人们听到的不是一个生动的特殊的声音，而只是霍尔巴赫[①]和拉美特利[②]的平庸的喋喋不休。比如，很了不起的是，萨德在一七九五年写道[③]：享受的行为是一种激情，我同意，它将所有其他的激情都加以降服；但它同时又将它们汇聚到一起。不仅萨德在这篇文字的第一部分预感到人们称作弗洛伊德"泛性论"的东西，他将情色变成人类行为的首要动力；在第二部分，他又提出性承载超越于它的内涵；里比多无处不在，但它总是远远超过自身：萨德无疑预感到了这一伟大真理。俗人视作道德丑行或者生理缺陷的那些"变态行为"，他知道它们包含着今天人们称作意向性的东西。在给妻子的信里他写道，任何幻想总是回溯到一个微妙的原则；而在《阿琳和瓦尔古》中，他肯定说：细腻只能从微妙中得来；故而有可能拥有很多的细腻，虽然是被一些似乎排斥它的东西触动。他同样明白我们的爱好不是由客体的内在品质引起的，而是由客体与主体的关系引起的；但在《新朱斯蒂娜》的一个段落中，他尝试解释

[①]　Paul-Henri d'Holbach（1723—1789），德裔法国哲学家，百科全书的编者之一。

[②]　Julien Offray de La Mettrie（1709—1751），法国物理学家、哲学家。

[③]　见《闺房哲学》。——原注

自己的嗜粪癖：他的答案磕磕巴巴，但他——笨拙地运用想象这个概念——指出的正是，一样事物的真相不在于它粗陋的存在，而在于它在我们特殊经历中对我们具有的意义。这样的直觉认识让我们可以将萨德视作精神分析的先驱；可惜，他不重视这些直觉，固执地追随霍尔巴赫去反复讲那些心理生理学的平行关系原则。等到解剖学完善了，人们将用它轻易地揭示出人的身体组织与人具有的爱好之间的关系。在《索多玛一百二十天》的那一惊人段落中，矛盾是明白显露的，他在这一段里探究了丑陋的性吸引力。这是已经被证明的，当人们做爱的时候让人们喜欢的正是恐怖、卑鄙、丑恶之物。美是简单事物，丑陋是非凡的东西，而所有热烈大胆的想象无疑都偏爱非凡的事物超过简单事物。他含糊地指出在恐怖与欲望之间的这种联系，人们希望萨德会对它进行界定。但是他却突然用一个结论来打住，取消了所提出的问题：所有这些事情都依赖我们的形体构造，依赖我们的器官，依赖它们互相感应的方式，一如我们无法做主来改变我们身体的形态，我们也不能做主来改变我们对此的趣味。这最初看起来是矛盾的，这个对自我有着如此强烈偏爱的人却表述出一些理论来否认个体的特殊性有任何意义；他要求人们努力去更好地理解人心，他曾努力去发掘人心的那些最奇怪的侧面，他大声说出来：人是怎样的谜题啊！他自我吹嘘：你们知道没有人像我一样分析事物。但是他却自认为是拉美特利的门徒，而拉美特利将人类混同于机器与植物，将心理归结为虚无。不管这有多么令人困惑，这种矛盾可以轻易得到解释。这当然不像人们把他看做怪物那样那么容易。萨德为自我的奥秘而着迷，他因而感到畏惧；他不去表白出来，却想自我辩护。他借布拉蒙之口所说的话是一种自承：我通过一些推理来支持我的那些偏差；我没有执意于怀疑；我将心中所有可能妨碍我的快乐的东西统统战胜、根除、摧毁。[①] 解放者的首要任务，他无数次地重复过，那就是战胜悔恨；如果是要抛弃任何的负罪感，有什么思想能比破除责任概念本身的思想更加可靠呢？但是如果想要用这个来限制住他，那将是极大的错误；与其他许多人一样，他之所以依托于决定论，那是为了要求自己的自由。

从文学上看，这些用一些典型说法编织起来的演说，萨德用它们来穿插进狂欢放纵的描写之间，结果是剔除了这些行为的所有逼真性和生命力；在此，萨德同样不太对读者直接进言，而是对自己说话；他翻来覆去的话语有着净礼仪式的意义，这种重复对他而言就像重复的忏悔对虔诚教徒的意义一样自然。萨德提供给我们的不是一个已经得到解脱的人的作品：他使我们参与进他对解脱的努力中去。但他吸引我们的正在于此：他的意图要比他所使用的所有手段都更为真实。如果萨德曾满足于他所宣扬的决定论，那么他应当已经除去了他所有的

① 见《阿琳和瓦尔古》。——原注

伦理意义的忧虑，但是这些忧虑突兀地呈现在那里，任何逻辑思考都无法掩盖。除了他多方援引的那些轻易的辩词，他固执地去进行攻击，进行思索。正是由于这种固执的真诚，虽然他不是一个完全意义的艺术家或者一位自成一体的哲学家，他值得作为一位伟大的道德家来接受敬意。

在各方面都走极端，萨德无法将就那些他那个世纪的自然神论的妥协；通过一份无神论的宣言《神父与垂死者的对话》，他于一七八二年开始了他的工作。从一七二九年出版的《让·梅利耶的遗嘱》以来，上帝的存在已经不止一次受到否定；在《新爱洛伊斯》中，卢梭大胆推出一位给人好感的无神论者，德·沃尔玛先生；这却并不妨碍在一七五四年梅雷冈修士因为写作《琐罗亚斯德》而被投进监狱，而拉美特利不得不逃亡到腓特烈二世那里去。尽管由霍尔巴赫一七七〇年的《自然的体系》还有同年以《哲理集》的名义辑成的那些论战文章加以推广，由西尔万·马雷夏尔激昂地进行宣扬，无神论在这个必须将断头台置于最高存在的庇护之下的世纪中仍然是一种危险学说。通过公开表现无神论，萨德在故意进行一种挑衅行为，但这也是一种真诚的行为。尽管克洛索夫斯基的研究是有意义的，但我认为当他将萨德对上帝激烈的拒绝当做是承认对上帝的一种需求时，他是违背萨德原意的；如今人们乐于支持这种诡辩，认为攻击上帝就是肯定上帝，但是这其实是由无神论者所反对的那些人发明的一个概念。萨德已经清楚地为自己作出解释，他写道：对于上帝的观念是我唯一无法原谅人类的错误；如果说这种故弄玄虚正是他最初批驳的那种，那是因为他作为笛卡儿的忠实继承者，他的做法是由简入繁，由粗糙的谎言到达更加有欺骗性的谬误；他知道为了将个体从社会将他与之束缚的那些偶像崇拜中解放出来，就必须从保证自己面对上天的自主性开始；如果人类没有被自己愚蠢地使之成为崇拜的这种巨大恐怖吓住，人类就不会那么轻易地牺牲自己的自由和自己的真理；因为选择了上帝，人类否定了自己，这正是其无法原谅的错误。其实，人类并不负欠任何超验的裁决者：除了俗世没有任何其他裁判所。萨德并非不了解对于地狱和永恒的信仰多么能够强化残忍；圣丰就怀着这样的希望，他想要享受遭天谴者的无尽苦痛；他还乐于想象一位魔鬼造物主，他是大自然的弥漫的邪恶的化身；萨德没有一刻不把这些假设当做精神的游戏；他并不将自己认同为那些他赋予这些特征的人物，他借着书中自己的代言人之口来批驳他们；当他提及绝对罪行的时候，他是在想着踩躏自然而不是伤害上帝。人们责难他的反宗教的叫嚣的地方，是这些夸张说辞带着一种乏味单调，它们重复着一些人所共知的老生常谈；萨德还是赋予它们一种个人特色，他早在尼采之前就揭露基督教义中的一种受害者的宗教，在他看来应当代之以一种强力的意识形态。不管怎样，他的真诚并不会受到质疑。萨德的秉性从根本上是不信宗教的；在他身上没有任何形而上的焦虑的痕迹：他太过忙于要求自己的存在了而无法诘问其意义与目的。在这方面，他的信念从不曾被违背：如果说他曾经协助弥撒和讨好一位主教，那是因为当他衰老而疲惫之时，他选择了伪善，但他的遗嘱却是毫不含糊的。作为对他个体性的消解，死亡同衰老一样让他感到恐惧：对彼岸世界的畏惧从未出现在他的作品里。萨德只想同人打交道，所有非人类的东西对于他都是陌生的。

然而，在人类中间，他是孤独的；虽然十八世纪曾尝试废除上帝在俗世的统治，却代之以另外一种崇拜；无神论者与自然神论者会合于他们对于至善的这一新的化身的崇拜，即大自然；他们丝毫不想拒绝一种明确的普遍道德的便利；那些超验价值坍塌了，快乐被当做衡量善的尺度，而通过这种享乐主义，自尊心被重新肯定："必须从此开始，对我们自己说我们在此世界上除了获取一些舒适的感觉和情感就没有什么要做的了，"沙特莱夫人这样写道。但是这些怯生生的自我主义者却假定有一种自然秩序，它保证着个体利益与普遍利益的协调的和解；只要有通过一个约定或者一份契约获得的一种合理组织，社会就能繁荣发展，既有利每个人又有利于所有人。萨德使这种乐观主义的宗教变成悲剧性的谎言败露。

十八世纪经常用暗淡深沉的色彩来描绘爱情；萨德带着敬

意引用的理查森①、普雷沃②、杜克洛③、克雷比永④——尤其是他声称对之一无所知的拉克洛⑤——创造出或多或少有些恶魔式的人物；但是他们的邪恶总是发源于他们的精神或者意志的败坏，而不是出于他们的自发。由于其本能的特点，所谓的本来意义上的情色却相反得到了重新肯定；天真，健康，对人类种族繁衍有用，按照狄德罗的看法，性欲是与生命运动本身相混同的，而性欲所导致的激情也与它一样是好的和有助生育的；之所以狄德罗的《修女》中的那些修女乐于进行一些"萨德式"的邪恶行径，那是因为她们压抑自己的需求而不是去满足。卢梭的性经验曾是复杂的，不大令人愉快的，他同样用一些道德教化的词汇来表述这种看法："甜美的快感，纯粹的，强烈的，不掺杂任何苦痛的快感……"还有："我所设想的爱情，我曾经能够感受到的那种爱因为看到爱恋对象的完美无缺的虚幻形象而点燃；这种幻象本身将爱情带到对美德的热情；因为这种认识始终会变成对一位完美女性⑥的设想。"即便在雷蒂夫·德·拉布勒托纳⑦的作品中，尽管快感有着狂暴的特

---

① Samuel Richardson（1689—1761），英国作家。

② Antoine François Prévost（1697—1763），法国作家。

③ Charles Pinot Duclos（1704—1772），法国作家。

④ Claude Prosper Jolyot de Crébillon（1707—1777），法国作家。

⑤ Pierre Choderlos de Laclos（1741—1803），法国作家。

⑥ 参见萨德：当人们做爱的时候让人们喜欢的正是恐怖、卑鄙、丑恶之物；然而，有什么能比从一个污秽之物上更能照见自我？……许多人为了自己的快乐宁愿要一个衰老、丑陋甚至发臭的女人而不愿要一个鲜嫩漂亮的姑娘。——原注

⑦ Restif de la Bretonne（1734—1806），法国首位农民作家。

性，但它仍旧是陶醉、慵懒、温柔。萨德是唯一以自私、专制、残暴的形式来发现性爱的人；从一种自然本能中，他抓住了一种走向罪恶的邀请。这已经足以在他那个世纪的人类感性历史上给予他一个独一无二的位置，但是从这种直觉中，他还导引出一些更为独特的伦理学意义的结论。

宣告自然是邪恶的，这本身并非一个新想法。萨德所熟知的并乐于引用的霍布斯已经提出过"人对于人来说是狼"，而自然的状态就是战争状态；一大批英国道德论者和讽刺文作者追随他走这些道路，还有斯威夫特，萨德经常阅读他的书以至于有时抄袭他。在法国，沃夫纳格①重新拾起源出于基督教的清教和詹森派传统，将肉体与原罪混同起来。培尔②和更有光彩的布丰③已经确认大自然并非全部都好；如果说纯良的野蛮人的传奇自从十六世纪以来就流传下来，尤其是在狄德罗和百科全书派的作品中，十八世纪初埃默里克·克吕塞④就曾向它开战；历史、旅行、科学渐渐使这个传奇失信。萨德很容易便通过许多论据摆出他的情色经验中包含着的命题，是社会以反语形式加以肯定的命题，因为他追溯自己的本能而将他投进监狱；但他区别于那些先行者的地方在于他们在揭露了自然的黑

① Marquis de Vauvenargues（1715—1747），法国作家。

② Pierre Bayle（1647—1706），法国作家、哲学家，《历史与批评词典》的作者，启发了后来的启蒙思想家们。

③ Georges-Louis Leclerc de Buffon（1707—1788），法国博物学家、作家。

④ Eméric Crucé（约 1590—1648），法国作家。

暗之后用一种隶属于上帝或社会的人为道德来与之对立；而萨德对于普遍被接受的信条"自然是好的，让我们来追随它"，他抛弃了前半句，矛盾地保留下后一半。自然的楷模保留着一种强制价值，虽然自然的法则是一种仇恨和毁灭的法则。他是通过怎样的花招才像这样用新的信仰来反过来对付它的信徒呢，这正是必须进一步研究的。

萨德曾以不同方式设想过人与自然的关系；其中的变化在我看来与其说是某种辩证法的不同时期，不如说是反映出思想的犹疑，时而限制自己的大胆，时而无拘束地爆发出来。当他仅限于寻求一些潦草匆忙的解释的时候，他采用一种机械论的世界观。拉美特利保证各种人类行为在道德上的无差别性，他宣布："追随主宰我们的那些原始冲动并不比尼罗河泛滥和海水涨潮更加罪恶。"因而，萨德为了自我辩解而自比为植物、动物、元素。我在她①手中只不过是她随意摆弄的一部机器。虽然他无数次用类似的断言来掩饰自己，但这些并不表示他真诚的想法。首先自然在他眼中不是一套冷漠无情的机制；在自然种种变形中有着某种意义，以至于人们会乐于想象着有一个邪恶精灵在操纵着它；实际上自然是残酷的，吞噬一切的，毁灭精神驻留其间；自然大概想完全毁灭它所释放出来的所有生命，为的是享受它所拥有的重新释放出新生命的能力。另一方

---

① 指大自然。——原注

面，人类并非自然的奴隶；在《阿琳和瓦尔古》中，萨德已经指出人类能够脱离自然并转而对付它：这模糊不清的自然，让我们最终敢于去冒犯它，为的是更好了解享受它的艺术。而以一种更为决断的方式，他在《朱丽叶》中宣布：一旦被释放出来，人类就不再随自然的样子，一旦自然放手，它就对人类无能为力了。他强调：在人类与自然的关系中，人类可比作泡沫，从罐子里被火蒸发的液体中腾起的蒸汽：它没有被创造出来，这蒸汽，它是结果的形态，它是与之不同质的；它的存在来源于一种陌生元素，它可以存在也可以不存在，它所来源的那种元素不会受到影响；它并不负欠那种元素什么东西，那种元素也不欠它什么。虽然人类在宇宙眼中不比一团泡沫更重要，但这种无意义本身确保了人类的自主；自然秩序无法奴役人类，因为人类对于自然是根本不同质的；因为人类可以用一种伦理的决断，没有人有权强加于他。从敞开在他面前的那些道路中，为何萨德选择了这一条通过效法自然而将他引向犯罪的道路呢？必须从整体上把握他的体系才能回答这个问题：这一体系的目的确切说来就是为那些萨德从未想过放弃的"罪行"来辩解。

人们总是比自己所想的更多受到自己所攻击的那些思想的影响；当然，萨德经常作为夹带私人感情的论据来使用自然主义；他发现了一种狡黠的乐趣，将同时代人企图用来助长善的事例拿来为恶服务，但是毫无疑问他也认为实践奠定法律是理所当然的。当他想证明放荡者可以压迫妇女的时候，他欢呼：通过赋予我们必要的力量来让她们屈服于我们的欲望，自然不是已经证明了我们的这种权利吗？我们可以列出更多相似的引语：自然让我们生而平等，索菲，迪布瓦对朱斯蒂娜说。如果说命运乐于去扰乱普遍法则的这一首要方面，那就轮到我们来纠正它的那些任性。萨德对于社会所强加的法则的最主要的责难，是这些法则都是人为的；在一段特别能说明问题的文字①中，他将此比作盲人群体所制定的法则：只是约定俗成的所有这些义务同样都是虚幻的。同样人类根据自己的渺小知识、根据自己渺小的狡猾和渺小需求来制定法律——但是在这一切中没有真的东西……让我们去到自然本身，我们将轻松地理解到，所有我们安排、决定的东西都同盲人社会的法则之于我们的法则一样，同样与自然的外观的完美相去甚远，同样是比自然低等的。孟德斯鸠已经提出，法律依赖于气候、时机，甚至依赖于我们身体的"纤维"分布；人们可能从中得出结论，自然穿越空间和时间所呈现出来的各个不同侧面在这些法则中得到了表述。但是当萨德不厌其烦地带我们去巴塔哥尼亚高原、塔希提岛，去地球上完全相反的地方，那是为了向我们证明所颁布的规则的多样性彻底地质疑了规则的价值；如果规则是相对的，它们在他看来便是任意的；应当注意，约定俗成和虚幻

---

① 引文见莫里斯·埃纳《萨德侯爵》，第 83 页。——原注

对于他而言是两个同义词。自然在他看来保留着一种神圣特性；自然不可分割，独一无二，它是一种绝对，在它之外不存在现实。

萨德的思想在这一点上前后并不一致，他的思想在发展，并不是在所有时刻都同样真诚，这是一个不争的事实，但是他思想的前后不一却不像人们可能想象的那样明显。自然是邪恶的，因此与之分离的社会便值得我们顺从，这将是一种过于简单的三段论论述。首先，社会的伪善使它变得令人怀疑：社会依仗自然之威势却与自然为敌；而且尽管社会对自然表现出敌对，它却仍旧扎根于自然：从社会反驳自然的方式本身，它证明了自己原初的败坏。普遍利益的概念没有任何自然基础：个体的利益几乎总是与社会的利益对立，但正是为了满足一种自然本能，社会才被发明出来，那就是强力者的专制意愿。法律非但没有校正到世界的最初秩序，所做的只是加重它的不公正。我们全都彼此相似，除了力量不同之外；也就是说在个体之间没有任何本质的区别，而力量的不平等分布原本可能得到弥补：相反，强者们窃夺了所有优势，而且甚至发明了一些优势。霍尔巴赫以及与他一起的其他许多人曾经揭露过法则的虚伪，其唯一目的是压迫弱者；莫雷利、布里索①曾经证明，所

---

① Jacques Pierre Brissot（1754—1793），吉伦特派领袖，在其《刑法理论》中称所有权即偷窃。

有权不基于任何自然基础；是社会拼凑出这种极不公平的制度。"在自然中没有任何排他性的所有权，"布里索写道。"这个词从自然的法则中被划去；那个不幸的挨饿的人可以拿走、吃掉这个属于他的面包，既然他饿了：饥饿，这便是这法则的名称。"萨德几乎是用相同的字眼，在《闺房哲学》中要求用享乐的概念来代替所有权的概念；当穷人起而反抗所有权而富人只想着通过新的独占来增加它，所有权如何能自诩构成一种普遍受到承认的权利？必须通过一种财富与处境的完全平等来削弱最强者的力量，而不是通过一些无用的法律。但是实际上是那些强者制定了这些对自己有利的法律；他们的傲慢自大以最丑恶的方式从他们窃取权利来强加于人的那些惩戒中表现出来。贝卡里亚①曾支持这样的观点，惩罚的目的是补偿，但是任何人都不应当企图责罚别人。继他之后，萨德以辛辣的方式起而反对任何赎罪特征的惩罚：噢，屠杀者们，拘禁者们，总之各种统治下和所有政府的蠢货们，你们什么时候才会喜爱认识人类的学问胜过关押人和处死人的学问？他起而反对的首先就是死刑；人们企图用以牙还牙的同态复仇来为之辩解，但这仍旧是在现实中没有任何根基的一种幻想；首先，在主体本身之间相互性并不存在，主体的存在是没有共同标准衡量的；再者，在一桩出于激情或者需求冲动地完成的杀人行为和由法官

---

① Cesare Beccaria（1738—1794），意大利刑法改革者、哲学家、经济学家。

们预谋的冷静的谋杀之间没有任何相似；那么后者如何能够以任何方式来补偿前者呢？远没有减轻自然的残酷，社会只懂得通过竖立断头台来加剧这残酷。实际上，社会只是在用更大的恶来对付恶；没有什么赋予它权利来要求我们对它忠实。霍布斯和卢梭所要求的著名契约只不过是个神话：个体的自由如何在压迫它的秩序中得到承认？约定既不适合强者，他们放弃特权没有任何好处，也不适合弱者，约定承认了他们的劣势；在这两个集团之间，只可能存在一种战争状态，每一方都有着自己的价值，与对方的价值不可调和。当他从一个人口袋里拿了一百金路易的时候，他正在做着一件对自己非常正义的事情，虽然那个被偷的人一定会拿另一种眼光来看他。在借"铁心"这个人物所说的言论中，萨德猛烈地揭露了资产阶级的故弄玄虚，那就是将本阶级的利益确立为普遍原则：不可能有任何普遍道德，因为个体在其中生活的具体处境并非是均质的。

但是如果社会背叛了自己的主张，难道不应该去改革它？个体的自由不恰好可以用于这项任务吗？我觉得萨德无疑也考虑过这种解决方法。应当注意在《阿琳和瓦尔古》中，他带着同样的兴致来描写满足人类本能的残酷的食人族无政府社会和邪恶被正义战胜的扎美①的共产主义社会。我丝毫不认为在对于后者的描绘中，也不认为《闺房哲学》中插入的呼吁"法国

① Zamé，萨德《阿琳与瓦尔古》中的人物，塔莫埃的人间天堂的统治者。

人们……"①有任何反讽意味。萨德在法国大革命期间的态度很好地证明他曾真诚地希望融入某个集体；他曾因被自己人放逐而深深痛苦；他梦想着一个他的个人趣味不与之排斥的理想社会：其实，他认为，对于一个开明的群体而言这些趣味并不构成一种真正的危险；扎美保证他不会因萨德的仿效者们受到妨碍：你对我谈到的那些人是少有的，他们根本不会让我担心。在一封信中萨德肯定说：……危害国家的并非是个体的观点或者恶行，而是公众人物的操作。事实是，放纵行为不会影响世人，这几乎只是一些游戏而已；萨德躲藏在这些行为的无意义背后，他甚至提出他准备将它们牺牲掉：这些行为是挑衅与怨恨决定的，在一个没有仇恨的世界中它们会失去意义；通过废除那些吸引他去犯罪的禁令，就会废除淫乱本身；也许萨德真的曾经带着怀恋不舍的心情梦想过其他人的皈依正道会导致他也暗暗地改邪归正；他大概也期望他的恶行能够被某个集体破格接受，这个集体会尊重个体特殊性的，会承认他是个例外。不管怎样他所能确定的是，那些满足于时不时鞭打某个女孩的人要比一位农庄总监工无害得多。那些已经得到确立的不公正，那些公然的渎职行为，那些宪政的罪行，这才是真正的祸害；这才是那些企图无差别地强加于彼此彻底割裂的多数主

---

① 人们曾确信这一声明不能算在萨德头上，因为他是借舍瓦利耶之口说出这些话；但是舍瓦利耶只是在读一段文字，萨德在书中的代言人多尔芒塞自承是其作者。——原注

体身上的法律的必然的伴生物。一种公正的经济组织会使法令与法庭变得无用，因为罪行产生于需求和不平等，罪行会同其动机的消灭同时消灭；在萨德看来，构成理想制度的是一种合乎理性的无政府状态：法制低于无政府制度，对我提出的观点的最大证明就是任何政府在想要重新制定宪法的时候都必须自动陷入无政府状态。为了废止老的法律，必须建立一个没有任何法律的革命政权：从这一政权中最终诞生出一些新法律，但这后一种状态却不如前一种状态纯净，因为它是从中派生出来的。这种推理看起来大概不是非常令人信服。但是萨德出色地领悟到的东西，就是他那个时代的意识形态只是在体现一种经济体系，通过将这一经济体系具体地加以转变，人们将会消灭资产阶级道德的故弄玄虚。他的同代人很少有以如此极端的方式来发展出如此有洞察力的视角。

尽管如此，萨德并没有坚定地投身到社会改革的道路；他的生活和作品整体上都并不依据这些乌托邦的幻梦；在他囚室的深处或是在大革命的恐怖之后，他如何会长久地相信这些？历史事件已经证实了他的私人经验：社会的失败不是一个简单变故。况且，显而易见，他对于他可能的成功的兴趣完全是投机性的。纠缠不去的是他自身的境遇；他并不太费心皈依宗教的事：他更加费心的是从自己的选择中得到肯定。他的恶行注定要让他孤独：他将证明孤独的必然性和恶的至高无上。在这上面，真诚对他而言是容易的，因为这位不合时宜的贵族在任何地方都遇不到与他相似的人；虽然他小心不对事情加以普遍化，但他赋予自己的处境一种形而上意义的宿命：人在世界上是孤立的。所有造物都是生而孤立，彼此间没有任何需要。如果个体的多样性能够被等同为——就像萨德自己经常提出的那样——植物或者动物那样彼此区别的多样性，一个有理性的社会将会成功克服这种多样；只要尊重每个人的特殊性就足够了；但是人不仅要承受自己的孤独：他要求相对于所有人的孤独；因而存在着价值的错杂性，不仅是一个阶级与另一个阶级的，而且是一个个体与另一个个体间的。所有的激情都有着两个方向，朱丽叶：一方面相对于受害者来说是极不正义的，另一方面相对于加害者来说是特别正义的……这一根本对立无法被超越，因为它就是真理本身。如果人类的计划是企图在一种对普遍利益的追求中来互相和解，那么这些计划必然是非本真的：因为主体是被禁锢在自我中，并且是与任何同他争夺主权的其他主体敌对的，除了这一现实之外并无其他现实。禁止个体的自由去选择善的正是因为善不存在于虚无的天上，也不存在于不公正的地上，更不存在于某个理想空间：它不存在于任何地方。恶是一种绝对，与之对立的只有一些虚幻的概念，只有一种方式去相对于恶来肯定自我：那就是把它承担起来。

有一种思想是萨德在他全部的悲观主义中都在极力拒绝

的，那就是忍受的想法。这就是为何他憎恨人们用美德的名义来装饰的这种屈从的伪善；实际这是一种对于恶的统治的愚蠢屈服，原样照搬社会对它的表现；通过这种伪善人类同时也拒绝了自己的本真性和自由。萨德从容地证明了贞洁、节制甚至不能通过其用处来获得理由；谴责乱伦、肛交和各种性幻想的那些偏见，其目的只是要通过强加一种愚蠢的从众心理来消灭个体。但是这个世纪所宣扬的那些重要美德有着一种更加深刻的意义：它们试图暂时减缓法律那些过于显著的不足。对于宽容，萨德并没有提出异议，大概因为他没有看到任何人实行宽容；但是对人们称作人性和慈善的东西，他狂热地进行批判；这是一些故弄玄虚，旨在调和不可调和的东西，即穷人没有满足的渴望与富人自私的贪婪。重拾拉罗什富科的传统，他证明这些东西只是个面具，利益用它来乔装打扮。为了遏制强势者的霸道，弱者们发明了博爱的概念，它没有任何坚实的基础：然而，我请你告诉我是否我应该仅仅因为一个人存在或者与我相似就去爱他，是否我必须在这些独特的关系中突然偏爱他胜过爱我自己呢？那些享有特权者是多么虚伪，他们表现出道德说教的仁爱，却认可受压迫者的卑劣境遇！这种骗人的多愁善感在那时代是那么的普遍，以至于瓦尔蒙在拉克洛作品中也因为实行慈善而感动落泪；显然正是这种时尚促使萨德对着慈善释放出所有的自欺和所有的真诚。当然，当他声称通过虐待女孩子来为风化服务的时候是在耍滑稽：他指出，如果允许放纵者殴打她们而不受任何惩罚，那么卖淫会变成一种如此危险的职业，以至于没有人会再去选择它。但他通过这些诡辩来揭露一个庇护自己所谴责的东西的社会是恰如其分的，这个社会在允许放纵的同时却将放纵者钉上耻辱柱。正是用一种同样灰暗的反讽，他宣告了施舍的危险；如果不把穷人逼到无望，他们就有可能造反，最保险的办法是将他们所有人都灭绝；在他归为圣丰名下的这一计划中，他对斯威夫特著名的论战文进行了阐发，他当然并不把自己认同为书中的主人公，但是这位贵族彻底拥护本阶级的利益，圣丰的玩世不恭在萨德看来比那些可耻的特权享有人的妥协更加有价值。他的思想是清晰的：要么就消灭穷人，要么就消灭穷困，但是不要通过一些权宜之计来延续不公正和压迫；尤其不要声称通过抛给那些你正劫掠的人微不足道的一小份来弥补自己的严苛。如果说萨德的人物们任由不幸者饿死，而不会用对他们来说不值什么钱的施舍来玷污自己，那是因为他们坚决拒绝与那些正直之士同流合污，这些人的良心用那么低贱的价钱就得到安宁。

美德不值得任何敬佩也不值得任何感念，因为它远没有反映出超验的善，美德服务于那些宣扬美德的人的利益：萨德得出这一结论是合乎逻辑的。但是不管怎样，如果利益是个体的唯一法则，那么为什么要蔑视它？邪恶对于美德有怎样的优势？萨德经常以激烈的方式回答这一问题；如果选择美德的话，他告诉我们：这是多么缺乏活力！怎样的冷若冰霜！没有什么东西让我感动，没有什么东西让我激动……我要求如此，难道这就是享受？它的反面是多么不同！我的感官是多么愉悦！我的器官多么受触动。还有：幸福只存在于让人激动的东西中，而只有罪行让人激动。以他那个世纪所宣扬的享乐主义的名义，这一论据是有分量的；所有人们可能反驳萨德的，是他将自己的特殊情况加以普遍化：某些灵魂也可能被善激动起来吗？他拒绝这种折衷主义。美德永远只能获得虚幻的幸福……真正的幸福只存在于感官中，美德不引起任何感官的愉悦。这一宣告可能让人吃惊，因为萨德正是将想象变成邪恶的动力，但是通过邪恶从中获取滋养的那些幻想，萨德预感到一种真理，对此的证明就是他达到了高潮，即一种确定的感受，而美德从中获取食粮的那些幻景从不被个体以某种具体的方式捕捉住；依据萨德向他那个时代借用的哲学，感觉是现实的唯一尺度，之所以美德不唤起任何感觉，那是因为它没有任何真实的基础；美德和邪恶的这一平行关系中，萨德更清楚地对自己进行了说明：前者是虚幻的，后者是真实的，前者属于偏见，后者是基于理性的；我同前者做爱，我对于后者没有什么感觉。美德是子虚乌有的，虚幻的，它将我们禁闭在一个表象世界；而与肉体的亲密联系却保证了我们称为邪恶的这种东西的本真性。我们有理由将施蒂纳与萨德进行对比，如果用他的词汇，我们会说美德将个体从人类这个空洞的实体中去除；只有在罪行中，个体才对自我提出要求，作为具体的自我而得到完善。如果穷人屈服，或者徒劳地尝试为自己的兄弟们去斗争，他只是被操纵，被欺骗，是被自己天性所捉弄的麻木不仁的物体，他什么都不是：他必须像迪布瓦或者铁心一样，努力厕身强者一边。被动地接受自己的特权的富人也只是以物的方式存在；只有滥用权力，使自己成为暴君、刽子手，他才是个人物；他将玩世不恭地从有利于他的不公正中受益，而不是迷失在一些仁爱的幻梦里：如果所有人都是罪犯，那么我们恶行的受害者哪里找？让我们永远将这些人置于谬误与谎言的约束下，埃斯泰瓦尔[①]宣布说。

难道我们要回到这样的想法，认为人类只能服从邪恶的天性？在保存自己的本真性的借口下，人们不是在杀死自己的自由吗？不；因为虽然自由无法反驳既定，它却能从中脱离开来去对其加以承担；这是一种类似于斯多葛派入教的做法，这种皈依也是通过一种自愿的决定来重新自己承担起现实。萨德在宣扬罪行的同时却经常为人类的不公正、自私或残酷愤慨[②]，这并不矛盾；对于那些羞怯的罪行，对于那些仅限于被动反映自然的阴暗的轻率恶行，他只有蔑视；必须使自己成为罪犯，是为了避免以一座火山或一个警察那样的恶的存在方式；并不是要屈从于世界；而是通过自由的挑战来效仿它。这是化学家

---

① Esterval，萨德《朱斯蒂娜》中的人物。

② 这里与施蒂纳的相似是显著的，施蒂纳也谴责"粗俗"的罪行，只宣扬自我反抗从中得到实现的罪行。——原注

阿尔马尼在埃特纳火山边上所要求的态度：是的，我的朋友，是的，我憎恶自然；这是因为我了解它，尽管我讨厌它；受到它丑恶秘密的教导，我通过效仿它的阴暗而感受到一种莫名快乐。我模仿它但同时厌恶它……它杀人的网只张在我们头上，让我们试着去把它自己裹进去……因为它只提供给我它的后果，它向我掩盖了它所有的原因。所以我曾仅限于模仿前者；虽然无法猜出让它手中握有匕首的理由，我却能从它手里夺过武器，像它一样使用。这段文字与多尔芒塞的这些话发出同样模棱两可的声音：正是他们的忘恩负义让我的心干涸了；他提醒我们，正是在绝望和怨恨中，萨德献身给了邪恶。而这正是他笔下人物与古代智者的区别所在：他的人物并不带着爱与欢乐去追随自然；他抄袭自然，同时憎恨自然，而且并不去理解它；他本人想要自己本来的样子而不去证明自己。恶不是和谐的；其本质是撕裂。

这种撕裂必须通过一种恒久的张力来被经历；否则它会定型为悔恨，以及这种形态构成一种致命的危险。布朗肖指出，只要萨德的主人公出于某种顾虑而将社会对于他的权力归还给社会，他就陷入最糟糕的灾难；悔恨、迟疑就是承认有审判自己的法官，因此就是同意自己有罪，而不是作为自己行为的自由施行者来要求权利；同意自己的被动状态的人活该遭受这个敌对的世界强加给他的各种失败。相反：真正的放荡者甚至喜欢他的丑恶作为给他赢得的指责。我们不是已经看到有人甚至会喜爱人性的复仇加之于他们的折磨，他们快乐地承受着，把断头台看做是光荣的宝座？这便是达到经过深思熟虑的堕落的最高级别的人。在这一最高级别，人不仅仅从偏见和耻辱中解放出来，而且从所有的恐惧中解放出来。他的安宁与古代智者的宁静相同，将"那些不依赖我们决定的事物"看做是无谓的，但是智者仅限于以否定的方式来抵御一些可能的痛苦；萨德黑暗的斯多葛主义却允诺了一种积极的幸福；比如铁心提出双重选择：要么是罪行让你幸福，要么是断头台阻止你变得不幸。没有什么东西能够威胁到懂得连失败都转变成胜利的人；他不害怕任何东西，因为一切对他来说都是好的。事物的粗糙的人为性不会压垮自由人，因为他对此不感兴趣：他只关心事物的意义，而意义只依赖于他；一个被别人鞭打或者插入阴茎的个体既可能是其主人也可能是奴隶；痛苦与快乐的，羞辱与骄傲的双重性使放荡者可以主宰任何处境：比如朱丽叶就懂得将那些让朱斯蒂娜无法忍受的同样的折磨变成享受。其实经验的内容是不重要的：重要的是主体用来主导经验的意图。因而享乐主义最终变成心灵不被外界所扰的宁静，这证实了虐待狂与斯多葛派的坚忍之间的矛盾亲缘关系：许诺给个体的幸福又被带回到了冷漠。我是幸福的，我，亲爱的，自从我冷静地投身各种罪行，布雷萨克①说道。残酷呈现出另一副面目：就像

---

① Bressac，萨德《朱斯蒂娜》中的人物。

是一种苦行：懂得面对他人的苦痛硬起心肠的人对他自己的苦痛也变得无动于衷。必须去寻求的不再是激动，而是麻木不仁。无疑刚出道的放荡者需要一些强烈的情绪才能感受到自己特殊存在的真实，但是一旦他获得了这种真实，纯粹形式上的罪行就足以确保这种真实；罪行有着一种伟大和崇高的特性，它战胜并将一直战胜美德乏味的吸引，它使得人们从美德中所觊觎的所有偶然的满足感都变得无用。通过一种可与康德的严格相比，发源于相同的清教徒传统的严格，萨德只设想摆脱了任何感性的自由行为：如果自由行为服从一些情感动机，仍旧会让我们成为自然的奴隶，而不是自主的主体。

这样的选择是任何个体都可以做出的，不论其处境怎样；朱斯蒂娜倍受折磨的僧侣后宫中，一位受害者因为证明了自己的价值而成功逃脱了自己的命运：她用匕首杀死了一位女伴，她野蛮的方式引起主人们的敬佩，让她做了后宫的女王；留在受压迫者一边的那些人，是由于他们心灵卑贱，应该拒绝给他们任何怜悯：你想让无所不能的人与什么都不敢做的人之间有什么共同的东西呢？两个动词的对立是说明问题的："敢"对于萨德来说就是"能"。布朗肖强调指出这种道德的严酷：萨德笔下的罪犯们几乎都横死，是他们的业绩将不幸变成光荣。但实际上，死亡并非最糟糕的失败，不论怎样安排他们的结局，萨德保证了他的人物有一种得以完成自我的命运。这种乐观主义是基于一种对人类的贵族式的看法，在其毫不容情的强硬中本身包含着一种宿命论：这种心灵的资质使得一些稀有的上帝选民能够统治着一群获罪者，这种资质就像一种随意分配的神恩：在任何时代，获救的是朱丽叶，倒霉的是朱斯蒂娜。更有趣的是功绩如果不被承认便无法导致成功；瓦莱里或朱丽叶心灵的力量如果不值得他们的暴君们钦佩就对她们没什么用处。虽然专制者们意见不同，彼此分离，应该承认他们全都对某些价值俯首；的确这些价值形态不同，但对于萨德来说它们的等值关系是确定的：性高潮—自然—理性，他们选择了现实；或者更准确地说，现实强加于他们；正是通过它们为媒介，书中主角的胜利才得到保证，但是最终挽救他的是他押宝在现实上。在所有偶然性之外，萨德相信某种绝对，它永不会让把它当做最高主宰来祈求的人失望。

如果说并非所有人都拥护一种如此确信的道德，那只是因为他们怯懦，因为人们无法用任何有价值的理由来反驳。这种道德不会冒犯某个子虚乌有的上帝；既然自然就是分裂、敌对，那么在向自然发难的时候，人们仍然是符合自然的；萨德放任自己的自然主义偏见，他写道：唯一真正的罪行就是违背自然，随即他补充说：有可能想象得出自然给予我们可能性来进行一种会违逆它的罪行吗？所发生的一切都被自然纳入其中；甚至对于杀戮，自然也冷漠地接纳，因为：所有生物的生命原则就是死亡原则；这种死亡只是想象中的。只有人类重视自己的存在，但是人类可以完全消灭自己的物种而世界却不因此受到任何破坏；人类声称拥有一种神圣特性使之变得不受影响，但人类只是动物中的一种。将杀戮上升为罪行，这是人类唯一可骄傲的。实际说来，萨德的辩解是如此激烈，以至于他最终否认罪行有任何罪恶性质；他自己意识到了这一点：《朱丽叶》最后的部分是想要重新激活恶的火焰的一种疯狂的努力；但是纵有火山、火灾、毒药、鼠疫，如果没有上帝，如果人类只是一种蒸汽，如果自然容许一切，那么最糟糕的毁灭也会沦落为漠然。据我看来，不可能违逆自然是人类最大的折磨！萨德呻吟着。如果他孤注一掷在罪行恶魔般的恐怖上，他的伦理会以彻底失败告终；但之所以他认同这种失败，那是因为他同时在进行另一场战斗：他内心坚信罪行是善的。

首先，对于自然，他不仅仅是无害的：他是为自然效劳的。在《朱丽叶》中萨德解释说，动物、植物、矿物三界的精灵，如果没有什么对之进行阻挡，它会变得如此暴力，以至于让宇宙的运行瘫痪：将不再有重力也不再有运动；怀抱着矛盾，人类的罪行让自然从这种停滞中摆脱，这种停滞同样也会威胁一个过于有德行的社会。萨德肯定读过曼德维尔①在世纪初获得很大成功的《蜜蜂的寓言》；作者在书中证明个体的激情与过失有益于共同的繁荣，正是那些最大的恶徒最积极地对共同利益起作用；当一次偶然的皈依正道让美德取得胜利的时

① Bernard de Mandeville（1670—1733），英国散文作家、哲学家。

候，蜂巢便陷于颓败之中。萨德同样也多次表述，一个堕入美德的集体同时会加速陷入停滞不前。这中间就像有一种对黑格尔理论的预见，按照黑格尔的理论，"精神的忧虑"的破除必然导致历史的终结。但是在萨德的作品里，一成不变的状态并非是作为一种确立的圆满出现的，而是作为纯粹的缺失出现；人类极力通过那些他们用来包裹自己的约定俗成切断自己与自然的所有牵挂，将自身变成一个苍白的幽灵，尽管有某些坚定的灵魂不顾反对在人类内部仍旧维持着真理的法律，那就是分裂、战争、动荡；我们受限制的感官禁止我们企及它核心的现实，这已经够了，萨德在这篇独特文字中这样说，他在其中将我们大家比作一些盲人，我们就不要再将自己从快乐中摒除，让我们尝试去超越我们的极限：我们所能设想的最完美的存在就是最远离习俗的存在，是觉得习俗是最可鄙事情的存在。如果换个语境，萨德的宣告让人想到诗人兰波对于所有感官"有系统地错乱"的要求；还让我们想到超现实主义者们想要穿透人类的造作而进入真实的神秘核心的种种尝试。但是萨德并非作为诗人，而是更多作为道德论者来尝试打破表象的牢笼。他起而反对的这个故弄玄虚的并且被神秘化了的社会，让人想到黑格尔所说的"人们"一词，存在的本真性被吞没其间，在他的作品中同样是要通过一种个人决断来重获存在的真实。这些对比并非游戏。必须将萨德定位在想要超越"日常生活的平凡"而获取对于这个世界的内在真理的那些人的大家庭中间。

从这个视角，罪行在他看来就像一种义务：在一个罪恶的社会中，必须做一个罪犯。这一表述总结了他的伦理学。通过罪行，这个放荡者拒绝与既定中的阴暗同流合污，大众只是对既定的黑暗的被动的、所以也是卑劣的反映投射；他阻止社会在不公正中睡去，创造一种末世启示录中的状态，强迫所有个人在不间歇的张力下承担起他们之间的割裂，也就是他们的真相。

但似乎人们却可能以个体的名义对萨德提出最令人信服的反驳，因为个体是真实的，罪行真正伤害的是个体。萨德的思想正是在这一点上被确认为极端：对于我而言除了包裹在我的经验中的东西没有什么是真实的，而他人的最亲近的在场也彻底脱离我的经验，所以与我无关，不能向我强加任何义务：我们嘲笑他人受的折磨：这种折磨与我们有何共同之处？另外：在他人所感受到的东西与我们所感受的东西之间没有任何可比性；他人身上最强烈的痛苦对于我们来说应当是绝对无谓，而我们所感受的最轻微的快乐的搔痒都触动我们。事实是人们之间仅有的可靠联系是他们通过在一些共同计划而自我超越到一个共同世界而创造的；十八世纪宣扬的享乐主义的感官性向个体建议的只是"获取愉悦的感觉和感情"，将个体限定在其孤独的内在性之中。在《朱斯蒂娜》中的一段里，萨德向我们展示了一个外科医生，他企图解剖自己的女儿来帮助科学的进步，也就是人类的进步：从超越的过程来看，人类在他眼中有着某种价值，但是如果约简为面对自我的虚无在场，一个人是什么？是一个去除了任何价值的纯粹事实，同一块麻木不仁的石头一样让我不为所动。邻人与我无关：在他与我之间没有一丁点关系。

这些宣告看起来似乎与萨德的生存态度矛盾；显而易见，如果在受害者的痛苦与加害者之间没有任何共同的东西，那么加害者就不能从中得到任何乐趣。但是实际上，萨德所质疑的东西正是自我与他者之间的一种自我行为必须绝对服从的既定关系的先验存在；他并不否认建立这样一种关系的可能性；如果说他拒绝给予他人一种建立在相互性与普遍性的错误概念基础上的伦理承认，那是为了准许自己以具体方式打破将各人意识孤立起来的肉体障碍。每人的意识都只见证自己；对于它所赋予自己的价值，它不可要求任何将之强加于人的权利，但是它却可以以特殊的和有活力的方式在一些行动中要求这种价值。这正是罪犯所选择的立场；通过其自我肯定的暴力而相对于他者成为真实，他同时也将他者作为真实存在者来加以揭示。但是必须注意——与黑格尔所描述的冲突不同——这一过程对于主体而言不包含任何风险：他不触动主体的优先性，不管发生什么，他都不接受任何主人；虽然落败，他回归到一种以死亡为终结的孤独，但他仍旧是自主的。

因而对于这种专制者而言，他人不代表一种能够触及他存在的核心的危险；相反，他被排斥在外的这个陌生世界让他愤怒，他想深入进去。矛盾的是，在这个禁地上，容许他引发一些事件，因为这些事件与他的经验是没有共同衡量尺度的，所以诱惑也更加大。萨德多次强调这一点：让放荡者兴奋的并非他人的不幸；而是知道自己正是这不幸的始作俑者其中有着与抽象意义的邪恶快乐大不相同的东西；当他策划阴险诡计时，他看到他的自由对于他人来说变为命运；就如同死亡比生命更确实，苦痛比幸福更确实，正是在迫害与谋杀中他将承担起这种神秘奥义。但是将自己以宿命的形式强加给惊愕万分的受害者，这还不够；受害者被欺骗，被愚弄，人们对之加以占有，但只是从外部；当加害者在其面前揭穿自己，他促使受害者通过叫喊或者祷告来表达出自己的自由；如果自由没有得到揭示，那么受害者就不配受到折磨，他们会杀死他或者忘记他；受害者还有可能通过反抗的暴力、逃亡、自杀或胜利，从折磨者的手中脱逃；折磨者所要求的正是受害者从拒绝摇摆到屈从、反抗或者坚忍，无论如何他都在暴君的自由中承认自己的命运；于是受害者通过最紧密的联系与他结合，他们真正形成一对。

在一些更为稀少的情况下，受害者没有躲避暴君为他安排的命运，受害者的自由成功战胜了它。他将苦痛变成快乐，将耻辱变成骄傲，变成一个共谋者。这时，放纵者觉得圆满：对于放纵者精神而言没有比创造出一些新信徒更强烈的快乐了。让一个纯真的生命堕落，这显然是一种邪恶行为；但是鉴于恶的双重性，在为它赢得一个信徒的同时，也在进行一种真正的皈依。对童贞的劫夺从这个角度看就像一种入教仪式。为了效法自然，必须冒犯它，冒犯才被解除，因为自然本身要求如此，同样蹂躏一个人，便逼迫他承担起割裂状态，由此他发现一个真理，使他与自己的对手和解。在惊奇、敬重甚至景仰中，加害者与受害者互相承认为相同的人。人们已经正确地指出，在萨德笔下的放荡者之间没有任何彻底的联盟，他们的关系包含着一种持续的紧张；但是萨德有系统地让自私战胜友谊，这并不妨碍他赋予友谊一种实在。努瓦瑟伊费心预先警告朱丽叶，他喜欢她只是因为他在她陪伴下感到快乐，但是这样的快乐意味着他们之间的一种具体关系；每个人都感到通过一个 alter ego① 的在场而在自我中肯定自己，这是一种免罪和一种褒扬。集体放纵在萨德笔下的放纵者之间实现一种真正的融合：通过他人的意识，每个人把握住自己行为和自身形象的意义，正是在一具陌生的肉体中感到自己的肉体；所以实际上邻人对于我而言是存在的。共存的丑闻让人想不明白，但可以用亚历山大大帝砍断戈尔迪乌斯结②的方式来破除其神秘：必须通过行动来置身其间。人是怎样的谜题啊！——是啊，我的朋

①　拉丁文，他我。
②　公元前333年，亚历山大大帝远征途中经过弗里吉亚时，见到此结，据说解开此结者可称为亚细亚之王，亚历山大大帝是用剑把它劈开的。后指斩钉截铁地解决难题、快刀斩乱麻。

友，就是这个使得一个有许多诙谐的人说理解他不如贪他。在萨德作品里，情色是作为一种沟通方式出现的，是唯一有价值的方式；我们可以通过戏仿克洛岱尔的一句话，说在萨德作品中"鸡巴是从一个心灵到另一个心灵最近的路"。

对萨德给予过于轻易的同情是在背叛他；因为他想要的是我的不幸，我的臣服和我的死亡；每次当我们站在一个被色情狂割断喉咙的孩子一边，我们都是在起来反对萨德。他并不禁止我自卫；他同意孩子的父亲去为被强奸的孩子复仇，或者去警告孩子，即使是借助杀戮。他所要求的是，在不可调和的存在相互对立的斗争中，每一方都以自己的存在的名义以具体方式投身其中。他赞成私刑复仇，而不是法庭：人可以杀人，但是不能审判。法官的自负要比暴君的自负更咄咄逼人，因为暴君仅限于与自我相符，而法官却试图将自己的观点订立为普遍法则；他的意图依赖一个谎言：因为每个人都被禁闭在自己的身体里，他无法成为割裂个体之间的中介者，他本身也是与那些个体分割的。许多个体结盟，他们共同并入一些任何人都不再是主人的机构中，这并不给予他们任何新权利：数量于事无补。没有任何手段能衡量没有共同衡量可能的东西。为了摆脱存在的冲突，我们躲避到表象世界，而存在本身隐藏起来；因为以为在自我防卫，我们将自己归于虚无。萨德的巨大功绩在于他要求人类的真理，反对只是遁途的那些抽象化和异化。没

83

有人比他更热切地依恋具体的东西。他从未对那些"据说"的东西给予任何信任，那些平庸思想者懒惰地从这些"据说"中获取养料；他只赞同那些在亲身经历的实证中得到的真理；因而他超越了他那个时代的官能主义，将之转变为一种本真性的道德。

这并不意味着他提出的解决办法能够使我们满意。因为，虽然萨德的伟大来自于他想要从自己特殊处境中把握的人类境遇的本质，但他的局限性也来源于此。他所选择的出路，他认为是对所有人都有效的，而且与其他的出路相排斥：对于这一点他在两方面都搞错了。尽管他是悲观主义者，从社会意义上讲他是站在特权者一边的，他不曾明白社会的不公正影响到个人，直至他的各种伦理上的可能性；叛逆本身是一种需要文化、闲暇的奢侈，是面对存在的需要的退却；虽然萨德的主人公们以自己的生命为此付出代价，但那至少是在反叛赋予人生一种有价值的意义之后；而对于大多数人而言，反叛就是愚蠢的自杀。与他的愿望相反，选出犯罪的精英阶级的是运气，而不是功绩。如果有人反驳说他从未想企及普遍性，他只要保证自己得救就够了，那是对他不公的；他将自己提出来作为范例，因为他写出——带着怎样的激情——自己的经验；大概他并不冀望这种呼吁被所有人理解；但是他不想只是对他厌恶其傲慢的那些特权阶级成员发出呼吁；他所相信的这种命中注定，他认为它是民主地属于所有人的，他本不愿意去揭示它依赖于那些他认为这种宿命能使人们摆脱的经济境况。

另一方面，萨德没有想到可能存在个人反叛之外的其他道路；他只知道一种非此即彼的选择：选择抽象的道德或者罪行；他不懂得行动。主体之间的具体的沟通可以通过将所有人纳入到大家作为同一个人存在的总体计划中去而成为可能，虽然他曾对此有所猜想，但他并没有在这上面停留；他拒绝个体的超越性，他将个体置于一种无意义之中，使人可以对之施以暴行，但是这种在虚无中实施的暴力变得可笑，因此试图通过暴力来自我肯定的暴君只发现了自身的虚无。

但是对于这种矛盾，萨德可以用另一种矛盾加以反对。因为十八世纪憧憬的将个人通过他们的内在性加以调和的梦想无论如何都是无法践行的：对革命恐怖强加于个人的否定，萨德以自己的方式以病态加以表现；个体不同意否定自己的特殊性，社会便贬斥个体。如果选择仅仅承认每个主体中将之与同类具体统一起来的超越性，就被导向使所有主体都附属于一些新偶像，它们个体的无意义将更为显著；那么人们将牺牲今日给明日，牺牲少数给多数，牺牲每个人的自由给集体的成就。监狱、断头台将会是这种否定的合乎逻辑的后果。骗人的博爱终结为一些罪行，在这些罪行中美德认出自己抽象的面孔。"没有什么比一桩大罪行与美德更像的了，"圣茹斯特说道。承担起恶难道不比赞同导致一些变相屠杀的善要好些吗？大概不可能逃避这个两难问题。如果地球上人类的整体性呈现在所有人面前，以其全部的实在出现，那么便没有任何集体行为会得到大家允许，对于每个人来说空气都将变得难以呼吸。在每一时刻，成千上万的个体在虚妄地、不公正地受苦和死去，我们却不为所动：我们的存在只有以此为代价才成为可能。萨德的功绩，不仅仅是他大声呼喊出每个人羞于对自己承认的东西：他的功绩在于他不逆来顺受。为了对抗麻木不仁，他选择了残酷。这大概是他在今天取得那么多共鸣的原因，在今天个体知道自己受害于人的邪恶要少于受害于自己的良心；采取这种令人畏惧的乐观主义是对自己的拯救。在囚室的孤独中，萨德实现了一种伦理学的黑夜，与笛卡儿所依据的智性的黑夜相仿；他从中没有举出显著的证明，但至少他质疑了所有过于轻易的回答。如果人们希望永远克服个体间的割裂，那就不能不了解它；否则幸福与正义的许诺就包含着最糟糕的威胁。萨德尝尽了自私、不公正、不幸的时代，他要求其中的真相。他的见证的最高价值是他让我们不安。他迫使我们重新质疑以其他形式纠缠着我们的时代的本质问题，即人与人的真正关系。

梅洛-庞蒂 * 和伪萨特学说

当梅洛-庞蒂通过朝鲜战争发现他直到此前都混淆了马克思和康德，他明白了他应当放弃黑格尔对于历史终结的思想，他得出结论认为有必要清算马克思主义辩证法。在此，我并无意审视这一逻辑进程的价值，它是"在与事件的接触中"一点点发展起来的，它引导梅洛-庞蒂写作了《辩证法的历险》。但他将萨特也卷进他的事业之中；他声称在《共产主义者与和平》中发现萨特指出了辩证法的失败，他指责萨特没有从中得出显而易见的结论，他将这一疏忽归咎于"我知之疯狂"，认为这是定义萨特本体论的东西。人们如此频繁地谈起萨特却没有读过他的书，或者至少没有理解他，以至于在谈到萨特时所犯错误的偏激本身就使他们的话毫无意义。梅洛-庞蒂却享有某种哲学家的威信，他认识萨特的时间足够长，使公众以为他同样了解萨特的思想；从前他曾那么卖力地鼓励他的对手们"学会阅读"，让人以为他懂得不带偏见地解读一篇文字并且不加曲解地引用；在这些条件下，曲解就变成了滥用信任，有必要来揭露他。

　　萨特写作《共产主义者与和平》是在一些特定情境中而且出于一种明确意图的[①]；梅洛-庞蒂决意从中寻求一种全面彻底的历史哲学；他从中找不到这个：他非但不接受萨特在文中根本没有写入这一内容，还将萨特的有意识的沉默当做持有保留意见，他着手借助萨特的本体论来重构萨特应当想到的东西。他承认，当萨特从其哲学的一个时刻过渡到另一个新时刻时，"每一次他从前的观点都被一种崭新的直觉保存下来并且同时被摧毁"[②]。如何演绎这种对他的体系的直觉呢？方法至少是大胆的。但更为严重的是，我们这位评注家所参照的那种哲学几乎在各方面都与萨特一直以来所宣扬的哲学背道而驰。鉴于梅洛-庞蒂所有的诠释都假定这种伪萨特学说存在——他到他研究作品的结尾部分才表述出这种意思——那么我一开始将指出这种伪萨特学说与萨特真正的本体论之间的差距。即使一个外行人也将能轻松地意识到这种巨大的伪造。

一

　　伪萨特学说是一种主体哲学；主体被混同为意识，被认为

---

　　①　"这篇文章的目的是宣布我在一些明确且有限的主题上与共产主义者们一致。""我力图理解今天，在我眼前，在法国所发生的事情。"——原注
　　②　《辩证法的历险》，第 253 页。——原注

是纯粹的透明，而且与世界是具有共同外延的；与主体的透明相对立的是自在的存在的晦暗，自在的存在不具有任何意义；意义通过意识的指令被强加给事物，意识的活动是 ex nihilo[①]。他者的存在并不打破这种对峙，因为他者从来只是以另一主体的面目出现的；我与他者的关系被归结为注视；每个人仍旧独自居于自己的世界，作为君主统治自己的世界：不存在交互世界。

　　萨特哲学从来不曾是一种关于主体的哲学，他只很少地使用这个词，而梅洛-庞蒂用主体来不加分别地指称意识、我、人。对于萨特而言，意识是面对自我的纯粹在场，意识并非主体："我们是作为自我而成为主体"[②]；而且"自我在意识看来就像一个超越的自在"[③]。萨特以此为基础建立他关于精神场域的所有理论："相反我们已经指出，我在原则上无法居于意识之中。"[④]精神与作为其一极的我，和客体一样，是通过意识而具有意向性的。梅洛-庞蒂忘记了这一根本立论，以至于他断言："萨特常说在臆想之爱和真实之爱之间没有差别，因为主体从其定义上讲就是它认为自己所是的样子。"[⑤]

　　他这种重构者的胡说八道使他字字句句与他声称阐释的作

[①]　拉丁文，无中生有。
[②]　《存在与虚无》，第 203 页。——原注
[③]　同上书，第 141 页。——原注
[④]　同上书，第 148 页。——原注
[⑤]　《辩证法的历险》，第 178 页。——原注

者相矛盾，因为萨特在《想象》中曾长篇阐发了这样的认识，即必须"区分感觉的两个终极分类：真实的感觉和想象的感觉"。"真实与想象从本质上无法共存。这是两个类型的客体、感觉和彻底无法约简的行为。"①

梅洛-庞蒂将萨特谈到快乐时所说的内容——内在的 Er-lebnis②——使用到爱情这一精神对象上，显示出他将意识即面对自我的直接在场与主体混淆了，对主体的揭示是要求一种中介的。比如，当他在反驳这种伪萨特学说时说："我对于我自身的呈现总是通过一种存在场域"③，他此时只是在重复《存在与虚无》的主导思想之一。在这一点上，萨特是忠实于海德格尔的立论的，认为人类现实是从世界出发而自我宣示出其所是的，萨特始终强调世界与我互为条件。"没有世界，便没有自我性，没有个人：没有自我性，便没有个人，没有世界。""纯粹的我是在彼岸的我，是不可及的，超出可能性之外的。"④这就是萨特称作"自我性之循环"的东西，这一认识与梅洛-庞蒂附会于他的那种认识是彻底相反的，梅洛-庞蒂通过一种无益的常识再次指出："主体不是照亮世界的太阳，它不是我们的纯粹客体的造物主。"⑤

---

① 《想象》，第 187—188 页。——原注
② 德文，体验。
③ 《辩证法的历险》，第 268 页。——原注
④ 《存在与虚无》，第 148 页。——原注
⑤ 《辩证法的历险》，第 268 页。——原注

如果主体通过阐明世界而创造世界，那么世界显然无法超越我对于它所具有的意识。梅洛-庞蒂写道："人们认为在萨特作品中是超验开启了意识，这存在着误解……意识并不是对世界展开，这个世界超出其表意能力，意识恰好是与世界具有共同外延的。"[1]

此处梅洛-庞蒂简单忽略掉的东西正是关于人为性的理论，这是萨特本体论的基础之一。我的意识只有通过投入世界才能超越世界，即通过强迫自己用一种单义而且有限的视角来把握世界，因此无限地且无可挽回地被世界充满，而这就是为何只存在以肉身体现的意识。"必须注意不要理解为世界是作为各种相互关系的无限多重性而面对意识存在的，而意识是不分视角地通观这些相互关系的。"[2]有一个世界存在，单从这一个事实来看，这个世界就无法不经一种相对于我的单义的导向而存在。必须让我迷失于这个世界，才能让这世界存在，才能让我超越它。超越这个世界，恰恰是不越过它，是投身于其中而从中崛起，必然是为自己创造这种超越的视角。在这个意义上讲，有限是"自为的存在"的原始计划的必要条件。[3] 身体表达出有"必要有一种选择，即让我不同时是一切"。综观萨特的全部作品，从《恶心》到《圣徒热内》，他执著于描写化成

---

[1] 《辩证法的历险》，第 266 页注解。——原注
[2] 《存在与虚无》，第 368 页及其后内容。——原注
[3] 同上。——原注

肉身的意识的激情，他总是将人表现为被世界"具有威胁性的浩瀚的晦暗"①所超越的人。萨特认为意识只有通过迷失于世界中才能揭示世界，怎么能将萨特所说的意识定义为与世界具有共同外延却不自欺呢？

这里所涉及的不是无足轻重的一时糊涂，梅洛-庞蒂的所有论争都基于一个命题，即对于萨特来说，意义归结为主体对此的意识。"对于萨特而言，意识是一种绝对，它赋予意义。"②他的哲学是"一种彻底将意义与存在对立的哲学，意义是完全精神的，如同雷电般不可触知，而存在是重量和绝对的晦暗"③。

只要浏览过哪怕一本萨特的书就足以面对这样一些断言因惊奇而迷惑，因为萨特从未否定那些统领存在论精神分析的原则，相反，他通过将这些原则运用于不同领域而将它们加以深入和阐发。他赋予存在论心理学的任务是"明确真正属于事物的一些意义。物质的意义，人的意义，雪花针芒的意义，疙瘩的意义，蜷缩的意义，粗糙的意义等等，都与世界同样真实，既不更真也不更假，来到世上，就是从这些意义之中涌现出来"④。雪之奥义是"一个本体论的意义"，要解读它则必须

---

① 《处境》第二卷，第254页。——原注
② 《辩证法的历险》，第156页。——原注
③ 同上书，第168页。——原注
④ 《存在与虚无》，第691页。——原注

"去比较一些严格客观性的结构"。

梅洛-庞蒂说,萨特"总是从一些开放的未完成的意义,追溯到原封不动地展现给清醒意识的封闭的意义的纯粹模型"[①]。

但萨特曾写道:"通过意义这个词,我想说的是一个眼前的现实通过其存在而从属于其他现实,不论它在场或不在场,可见或不可见,并且它逐级递进地从属于宇宙。"[②]

因此,意义远非是由意识给出的,远非封闭的,意义是真实的、客观的和对宇宙上的无限开放的。

此处的曲解是昭然若揭的,其作者也意识到了这一点。他不可能无视萨特的作品展现给我们的一个世界,意识在其中投入各种事物之中,其中所有事物都在支撑人类的意义。梅洛-庞蒂从他的谵语中醒来片刻,他承认萨特的作品"通过描写一个意识与事物之间的中间地带而使他成名,这一中间地带如同事物一样具有分量而且对于意识而言是引人入胜的,它的根在《恶心》,是令人厌恶的黏稠东西,是《存在与虚无》中的处境,在此处它就是社会意义的世界"[③]。在解释一位作家的时候依据他的作品,这似乎是自然的事情,我们的这位评注家却通过一种手段对此置之不理,我们将会看到他经常借助这一手

---

① 《辩证法的历险》,第193页。——原注
② 《圣徒热内》,第283页。——原注
③ 《辩证法的历险》,第185页。——原注

段，我们称之为吊诡手段。萨特的吊诡之处在于他不是在思想他所思想的东西。"萨特的思想是反叛这一中间地带的。"以反叛这个词为基础，梅洛-庞蒂创造出一种模棱两可的东西，因为他将反叛定义为超越的意志，而且他以不言而喻的方式使之成为一种彻底的否定。他与《恶心》、《存在与虚无》相违背，与萨特写作的一切相违背，坚持认为萨特学说对于主体与自在的存在之间的关系一无所知。

为了铺陈这一论断，他使用了第二个手段，那同样是他所熟悉的，我称之为过度表意法。他将一句话与其语境隔离开，而这句话单从其自身来看只不过是一句平庸的老生常谈罢了，他赋予这句话一种特殊意义，并且将它当做萨特思想的关键所在。在一个段落中，萨特否定一种关于崇拜偶像的无产阶级的神话，一种实体的神话，他写道："存在人类、牲口和事物。"他只是想说他将论辩定位在实地上，在此世；关于人与物的关系，他曾经反复解释过，所以他觉得不需要在这里探讨。梅洛-庞蒂却选择理解为："人与物是彻底隔绝的，在两者之间不存在任何东西。"而且正是从这个被主观臆断加以解释的短句子出发，他便把萨特全部作品都拉下水，去随意编造一种伪萨特学说。

这种篡改的后果是极其严重的，根据主体是封闭于主体性之中的，或者主体从世界中解读出一些客观意义，人们将会走向彻底相反的一种历史哲学和一些政治概念。在总结他所发起的争论时，梅洛-庞蒂写道："问题在于了解是否如同萨特所说的，只存在人与物，或者还存在这种交互世界，我们称之为历史，象征系统，待打造的真理。"①当他写道，在萨特那里"作为被构成物的意识无法在由它构成的东西中重新找到一种业已存在的意义系统：意识进行建构或者创造"②，那是因为他想要从萨特哲学中驱除关于一个交互世界的认识。所以必须强调指出萨特明确地否认这种关于创造性意识的理论："在我的世界中，存在着一些客观的意义，它们立刻由我获得就如同它们从未由我创造一样。意义是由我到物的，我投身于一个已经指示着意义的世界，它向我反映出一些并非我安置在其中的意义。"③

提醒人们在萨特思想中存在一种事物的客观意义，这真是多此一举。让我们重读萨特作品《圣徒热内》，我们将会看到儿时的热内是如何从一个强加于他的充斥着意义的世界中突现出来的。然而，梅洛-庞蒂却不厌其烦地重复说对于萨特而言："事物是无言的，而意义只存在于人。"④"意志不会在其打下自己印记的事物中继续过一种颓废而丰富的生活。"

然而，这里有萨特诸多作品中的两段文字："构成城市风

---

① 《辩证法的历险》，第 269 页。——原注
② 同上书，第 186 页及其后内容。——原注
③ 《存在与虚无》，第 592 页。——原注
④ 《辩证法的历险》，第 269 页。——原注

景的那些工业产品是罐装保存的社会意志；它们在对我们谈起我们对社会的融入；通过它们的沉默，有一些人在对我们说话"①，如此等等。

"我们借助劳动来统治物质，但是我们所统治的世界反过来统治我们，是通过我们在其中铭刻下的思想所凝固而成的庞然大物。"②

当我们看到梅洛-庞蒂用马克思的思想来反对萨特，便想要发笑，马克思认为：是人制造了世界的统一，但人却是到处散布的。人们在自己周围除了人的面孔什么也无法看到，一切都在对他们谈论着人类自己。连他们的风景本身都是有生命的。因为萨特并不是等到梅洛-庞蒂来教训才跟着认为"世界是人的"，才向我们揭示城市或乡村风景，通过街道、公园、工具、自然元素，它们是人类每行一步都能从中照见自己的镜子，是一些不断对人类谈到他自己的声音。

之所以梅洛-庞蒂如此固执地坚持说萨特无视任何的交互世界，那是因为为了达成对历史和辩证法的否定，必须首先否定任何的主体间性：一个交互世界，那将是一个主体间的媒介。然而，梅洛-庞蒂宣布："在萨特思想中有主体的多元性，没有主体间性。"③

---

① 《圣徒热内》。——原注
② 《答勒福尔》，第1605页。——原注
③ 《辩证法的历险》，第275页。——原注

"尽管表面看来如此，可是萨特从来只是承认自为的存在及其不可避免的关联内容，即纯粹的自在的存在。在我与他人之间没有接合，没有关联或者媒介；我直接感到被注视，我承担起这种被动性，但是同时将这种被动性重新融入到自己的世界之中。"①这篇文字让人有以下多个看法。首先，我们从中发现在承担与融入之间的惊人混淆。承担自己的异化是一种道德态度，它并不消灭异化的现实；他人的存在使得我被投入一个原则上超出我控制的世界。

"他人的事实是无可置疑的，并且正中我的要害。我通过不适感意识到这一点；因为他，我在此世这个世界中永远地处于危险之中，而我所能做的只是预感到这个危险。"②

应当援引萨特描述这种"内出血"的所有篇幅，我的世界通过这种"内出血"流淌向他人。"流溢是无止境的，它流失向外部，世界流淌到世界之外，而且我流淌到我之外；他人的注视使得我超出到我在此世的存在之外去存在，去到一个既是此世又是此世之外的一个世界中存在。"③

"他者的出现使得在处境中出现一个并非我意愿的侧面，我不是它的主宰，而它从原则上是超出我控制的，因为它是向着他者一方的。这种被看做无知的无知，这种只能通过一种完

---

① 《辩证法的历险》，第 190 页。——原注
② 《存在与虚无》，第 334 页。——原注
③ 同上书，第 319 页。——原注

全的半透明来预感到的完全的晦暗不明，正是对我们在为他没于世界之存在的描述。"①

我们在这里远离这样的想法，即认为意识与世界具有共同外延，它通过一种即时的旨意重新将他人纳入它的世界。相反，我们看到在我与他者之间开始出现一种动态关系，它在时间中发展起来，永不停止，简言之就是一种辩证法的可能。萨特在《圣徒热内》中正好给出一个例子；当热内承担起他为他的存在之时，他接受了作为盗贼的自己，他并不是重新发现"纯粹客体的造物主"；他用来尝试着重新把握自身存在的那些行为，为他造就一副新面目，这是他人所看见的却又一次超出他把握的面目，这是一个过程，它达不到任何彻底的合论："一道不可逾越的鸿沟将我们对自我所具有的主观确信与我们相对于他人所具有的客观真相分隔开来。"②

梅洛-庞蒂所犯的另一错误也同样重大，他想象着——这甚至是他的研究的中心主题——在萨特思想中我与他者除了注视之外没有其他关系，注视呈现他们自己纯粹的主体性。然而，萨特写道：

"只要他者对于他（自为的存在）而言是一种他者-注视，那么就谈不上技术手段或者说外在于我的意义；对于自为的存

---

① 《存在与虚无》，第 324 页。——原注
② 《圣徒热内》，第 548 页。——原注

在是作为客体在世界中于他者的注视下才得到体验的。但是只要自为的存在超越了他者而走向其终极目标，使之成为一种被超越的超越性……他者-客体变成目的的指示者……因而作为被超越的超越性的他者的在场显示着从手段到目的的既定的综合。"①

所以他者对于我来说是在场的，它在事物之中，以意义和技术手段的面目出现："自为的存在在一个世界中涌现出来，这个世界对其他自为的存在来说是存在于世界之中的。这就是既定。而由此，我们看到，世界的意义是与世界异化的。这正表明他面对着意义，这些意义不是经由他才来到世上的。"②

所以很好笑地看到梅洛-庞蒂反驳说："如果意识真正投身于超越自己的一个世界和历史，它就不是孤立的……它不仅仅是萨特式的对于他人可见的意识……它也可以去看见，至少是从眼角去看见。在自己的视角与他人的视角之间，有着一种关联，这些关系不再是两个自为的存在之间的对峙，而是两种经验彼此如齿轮般咬合，它们不重合，却同属于唯一一个世界。"③

纵观《存在与虚无》，萨特通篇所言都不外于此。在《答勒福尔》中，萨特写道："他者在那里，是即时触手可及的，

---

① 《存在与虚无》，第603页。——原注
② 同上书，第602页。——原注
③ 《辩证法的历险》，第269页。——原注

如果不说是不可参破的话，他者的经验在那里，它最终于我的经验中完成或者是我的经验在他人的经验中结束；所有这些不完美的、没有很好闭合的、断断续续的意义，它们构成我们的真正知识，它们会在那边，在或许知道答案的他者中自我补足。"在注解中，萨特补充说："但不管怎样，这些价值和观点既不属于我们，又掺杂在我们的价值与观点之中，它们作为一些可理解的关系系统被交付给我们，它们永远保持着它们的不可约简性：永远是他者，永远是陌路的，直接在场却不可吸收同化。"①

我们看到，虽说相对于伪萨特思想而言，梅洛-庞蒂的思想还算独特，但与萨特本人的思想相比就不那么独特了。因为他所描述的这种不重合的齿轮咬合，正是萨特经常提到的那种不可约简的经验的混合。

但梅洛-庞蒂并非不知道我刚才引用的那段文字，而且他承认对于萨特而言"存在一个社会场域"②。但是，他坚持认为社会性在萨特看来是不存在的："既有的社会性对于我思而言是个丑闻。"③"社会性是整体性，由此它不是纯粹的意识间关系，这是萨特看来自然而然的。"④

---

① 《答勒福尔》，第 1581 页。——原注
② 《辩证法的历险》，第 186 页。——原注
③ 同上书，第 208 页。——原注
④ 同上书，第 214 页。——原注

他说，的确，萨特式的意识是向社会场域开放的，但是"统一的形成是面对意识，而不是先于意识"。萨特思想中的那些主体间性的现实"没有自身的能量，它们只是被构成物"①。

我们已经说过，自为的存在是世界存在所必需的——梅洛-庞蒂也同意这一认识——但是它远未构成意义、技术手段，未构成一种以黑格尔的绝对精神的方式投射到自己之外的现实，在这种现实中意识准确地找回它安置在其中的东西。对世界的揭示是在主体之间的维度里进行的，揭示出一些现实，它们抗拒意识并拥有自身的法则。很难了解梅洛-庞蒂用自身的能量想表明什么，但可以肯定的是他暗示在萨特思想中主体间的现实是不存在的，而且只有通过一个支撑着它们的主体性，这些现实之间才有关联，然而萨特却在定义存在论的精神分析时写道："由于超越性的结构本身，能指是对其他超越存在的一种参照，它可以不借助于确立它的那个主体性而得到解读。"②

梅洛-庞蒂是违背真相的，他谈到语言时写道萨特认为："语言只有在由构成它的一个意识的承载下才存在。"③

因为萨特在《圣徒热内》中这样总结了他的语言观："当

---

① 《辩证法的历险》，第 191 页。——原注
② 《存在与虚无》，第 691 页。——原注
③ 《辩证法的历险》，第 191 页。——原注

我于我之中和我之外发现语言，而它带有自己的抗拒和不由我把握的法则，语言就是自然：词语具有我必须观察、学习的一些相似与习惯；只要我说话或者听一个对话者说话，它便是工具；最后，词语有时候会表现出一种惊人的独立，它们自己组合，不顾任何法则，因而在语言内部产生一些谐音词游戏和奥义的神谕；所以词句是神奇的。"

梅洛-庞蒂一定是陷入了一场古怪的谵语症，才使得他认为萨特否定各个主体之间这些人们称作文化、文学的媒介区域的存在。在萨特看来，一个阶级的意识形态就是一种主体间现实，是被赋予一种自身能量的，因为它生产一些认识。他在《亨利·马丁》中写道："在其他环境中，儿童被立刻投入他们阶级的意识形态之中，这种意识形态就如同他们所呼吸的空气进入他们之中，他们从事物中解读出这种意识形态，他们用语言来学会它，他们从不对这种意识形态进行思考，而总是借助它来进行思考，是意识形态在生产并统治着认识。"[①]他承认文学具有同样能量，文学中那些时刻的产生不借助于主体性，只要翻开《何为文学》就可以确定这一点。比如我们读到他关于超现实主义所说的："这是一个漫长辩证过程的最后一节：在十八世纪，文学是否定性；在资产阶级统治时期，文学过渡到绝对的和实体化的否定状态，它成为一个多彩的闪耀着虚无之

---

① 《亨利·马丁》，第 24 页。——原注

光的进程"，等等。辩证的概念包含着一些客观关系，它还设定了社会场域的统一性既是面对着意识，又是背着意识进行的，因为每个时刻都是从前一个时刻诞生的。梅洛-庞蒂声称，萨特认为"社会性从来不是原因，甚至也不是动机，从来不是在作品背后的，它是当面对着作家的"①。的确，萨特拒绝丹纳的决定论的解释，丹纳从作品中看到一种环境的产品，但是萨特宣布，他并非要"拒绝用人的处境来解释作品"。而且，处境是建立在"总是作为动机被发现"②的既定之上的，它包含着过去，过去同样是作为我们选择的动机而被交付给我们的，处境是通过一种与我所属的社会的关系来定义的。萨特的所有分析都将文学作品表现为从社会出发为了某个本身即为历史时刻所界定的公众而创作出来的，社会场域既出现于作品面前，也出现于它背后，别无选择，因为在萨特思想中过去和未来是密不可分地联系在一起的。

　　梅洛-庞蒂如此坚信萨特式意识的孤立，以至于他归结为萨特认为阅读只是一种主体行为。对他而言在一本书里："在难懂的文字、物质存在的书籍和读者意识加入其中的意义之间毫无关系。"③但相反萨特却认为："所有精神作品在其自身中都包含着它们所针对的读者的形象。"读者是投入历史中的，

---

① 《辩证法的历险》，第 209 页。——原注
② 《存在与虚无》，第 568 页。——原注
③ 《辩证法的历险》，第 189 页。——原注

作者亦然："在这些投入同一历史中并且同样为创造历史出力的人们中间，将会借助书籍的媒介而建立一种接触。"而且萨特解释说，任何阅读都是在一个语境中进行的，语境正是主体间性①。而且，我们了解萨特有多少研究是关于"精神作品这一具体而又是想象的对象"②的。如果他只承认书籍中有难懂的文字和主观的意义，那么他不可能写任何评论文章。他根本不是持这样观念的，他从前责备莫里亚克③的，正是莫里亚克将小说简化为符号与意向的集合，而小说应当具有事物的厚重："如果真的一本小说就是一个事物，如同一幅画或者一个建筑物，如果真的人们是带着自由意识和时间延续来写一本小说，那么《黑夜的终结》便不是一本小说，充其量只是一个符号与意向的总和。"④

他还在谈论《萨托里斯》⑤时写道："带有某种保留，小说突然变成与自然现象类似的东西：人们忘记小说有作者，人们接受它们就如同接受一些石头或树木……"⑥

但是梅洛-庞蒂无视所有这些将文学与阅读呈现为一种主体间性的方式的文字。他坚持他的论点："作为永久的场景或

① 《处境》第二卷，第 117 页及以后内容。——原注
② 同上书第二卷，第 93 页。——原注
③ François Mauriac（1885—1970），法国小说家、剧作家、诗人和记者。
④ 《处境》第一卷，第 56 页。——原注
⑤ 美国小说家福克纳（William Faulkner，1897—1962）于 1929 年发表的小说。
⑥ 《处境》第二卷，第 7 页。——原注

者持续的创造，社会性不管怎样都是面对着各个意识并且由意识构成的。"①

同样错误的是认为萨特如同那些托洛茨基分子想的那样，认为有一种被动性，社会性的重负在其中被人忍受，用这一认识来反对群众的自发性："你们假设群众的自发行动并非旨在于未来，而仅仅是过去的一种反作用力，"他反驳托洛茨基分子说。纵观《共产主义者与和平》，他的分析通过一种社会场域来定义工人阶级处境，这种社会场域的统一是在工人阶级背后的。

为了驳斥梅洛-庞蒂的阐释，我还将引用——从诸多篇章中——这段文字，它是特别有决定性的："我们无法完全是客体，即便是对于一个超越的主体来说，我们同样无法完全是主体，除非我们首先来从事不可能做到的对客体性的清除；至于绝对的相互性，它是打上了种族和阶级的历史条件的印记的……因而我们照常生活在一种熟悉且不经反思的不加区分的状态……我们既不完全是客体，也不完全是主体。而他者，它正是这个服从于意愿的工具，在统治、划分和分配，同时正是这种包围着我们的弥漫的燠热气氛。"②

我们与那种关于我与他者的哲学相去甚远，在这种哲学中

---

① 《辩证法的历险》，第 213 页。——原注
② 《圣徒热内》，第 542 页。——原注

人与人之间的唯一关系就是他们通过注视的直接对峙。实际上，萨特的整个本体论都是与梅洛-庞蒂归于他头上的那种本体论相对立的，在萨特思想中有着"对一种直觉哲学的诉求，它想要直接并同时看到所有的意义"。梅洛-庞蒂却说这样的哲学"只在瞬时中思考。所以不再有在某个视角规定下的对他者的参照，不再有他人在我之中的完成以及我在他人之中的完成，因为这些只有在时间中才是可能的"①。

但是我们已经看到，萨特对于他人的经验所说的它在"我的经验中完成或者是我的经验在他人的经验中结束"。正是因为他的哲学远非是直觉的，他才在《存在与虚无》中写道："没有任何意识，即使是上帝的意识，能够看到背面，即把握作为整体性的整体性。"

社会对于他而言是一种非整体性的整体性，它绝不可能为了一个主体汇集起来；个体之间的关系不以直接方式呈现给个体中的任何一个，而是包含有一种辩证和一种在时间中展开的历史的可能性。梅洛-庞蒂的伪说除了走向否认这种可能性之外别无其他。现在我们将看看他是如何从这种伪造的本体论出发解读《共产主义者与和平》，以便从中找到一种对于历史、辩证、真理的否定的：他看到了一种虚无，它把自由空间留给意志的纯粹独断。

---

① 《辩证法的历险》，第 275 页。——原注

二

伪萨特主义者否认任何交互世界，否认任何主体间性，他显然是否认历史的。对于他而言："历史是属于意志的或者什么也不是。"[①]"历史是由一些犯罪意向或者德行意向构成的。"[②] 历史"从其可知的部分来看是我们的意志的直接结果，从其余部分来看是一种不可参透的晦暗"[③]。

确实，如果"事物是无言的"，那么历史事实也应当是这样。根据这位伪萨特："事实就其存在而言并不承载意义，意义是属于另一层次的，意义属于意识。"[④]

"在具有人们想要的意义的纯粹事实与给予它唯一意义的决断之间，并没有中介。"[⑤]这种中介，应该就是梅洛-庞蒂认为萨特"不愿意接受的"或然性。这里有一个新的吊诡，因为："他过去却曾经深刻地说过被感知的世界是完全有或然性的。"[⑥]

他曾经说过，并且他从未否认过自己的说法。在《共产主义者与和平》的第二部分，萨特指责托洛茨基分子脚踏两条船：

---

① 《辩证法的历险》，第 153 页。——原注
② 同上书，第 168 页。——原注
③ 同上书，第 134 页。——原注
④ 同上书，第 155 页。——原注
⑤ 同上书，第 155 页。——原注
⑥ 同上书，第 158 页。——原注

指责他们按照必然性来重构资产阶级历史，同时通过一种或然论视角来重构无产阶级历史；他否认托洛茨基分子有权利在依据一种辩证的宿命论来阐释历史的时候，以回溯的方式来援引或然性作为理由。但是在他这方面，他是以明确的方式来借用或然性的概念的，他在真实与或然之间确立的等同关系使得或然的概念暗含地介入他所有的分析之中。而梅洛-庞蒂却宣称："这种或然性对于萨特而言就像是不存在。"为了确立这一断言，他求助于我已经指出过的一种手段，即过度表意法。萨特写过，如果想要判断共产党交给无产阶级的那些口号的终极目的，那么原始的事实是丝毫不解决问题的："鉴于事实永远不会说是，也不会说不……人们只有在对于一些更加广泛的问题采取了立场之后才能决断。"①这段文字的第二部分明确指出其第一部分只是回顾一种被普遍接受的方法论规则，实验科学、社会科学、历史都一致承认事实只有在人们对之批判与解释的条件下才说话。梅洛-庞蒂将第一句话孤立出来，将这句常识话语当做萨特思想的首要关键，认为在萨特看来事实是彻底意义暧昧的。

在与勒福尔的争论中，萨特明确地说他仅限于拒绝"包含着对自身的解释的经验"。他强调事实的模糊性："首先事实并不如您所说的那么有决断，必须将它们重构；然后它们中每一个都既是难以理解的，又是过度表意的。社会意义的世界的所

---

① 《共产主义者与和平》第一卷，第 8 页。——原注

有客观结构都通过一种最初的无差别化来提交给工人阶级的主观。没有任何东西是已澄清的，没有保证可言：屈从和革命同时阐明处境，但是它们之间的关系在不断变化。"但他随即补充说，人们可以走出模糊性："一切都将是明白的，理性的，一切都是真实的，首先要从这种对解读的抗拒着手，只是，必须花时间罢了。"①

梅洛-庞蒂承认，对于马克思而言同样"任何处境都是模糊的"。而同样，他说："没有什么比事实与意义的混合更加马克思主义了。"那么为何他声称萨特决意否定马克思所赞同的历史现实？他回答说，那是因为："马克思主义不是通过暧昧来混合事实与意义，而是通过真理的产生来混合它们。"当他带着自欺来解释我所引用的萨特的这几条主线时，他保留下了"事实是难以理解的，又是过度表意的"。萨特说的是每个事实就其自身来看是暧昧的，并非不可能通过彼此来澄清。在《亨利·马丁》的这一段落中我们看到对这种阐明工作的准确例证，在这一段中萨特诘问马丁所张贴的那些传单的意思："从其客观现实来看，行为在一定程度内告诉我们情况……在此程度之上，便是完全的不确定，您无法不将它与世界参照而对它进行判断。"②

---

① 《答勒福尔》，第 1588 页。——原注
② 《亨利·马丁》，第 185 页。——原注

然而我们已经看到萨特得出结论说："一切都将是理性的。"进行解读所必要的时间，并非如梅洛-庞蒂提出的那样是无尽的，这在实践上会取消任何标准。这是经验所要求的时间。萨特还说过："我们遇到的困难将我们带回到对经验的共同认识，经验是'一些没有前提的后果'构成的意义不明的整体，大家多方一同对它进行解读。"

　　如果头脑中有这些思想主线，就会觉得梅洛-庞蒂与伪萨特展开的对话是可笑的：

　　这位爱好笛卡儿式的明晰的伪萨特问道："这暧昧的关系是什么呢？是否现时的意义已经在其本身中给出？"

　　而了解存在之模糊性的梅洛-庞蒂回答他说："现时之意义既不是在其本身中给出，也不是拼凑而成，它是从现时中得出的，就如同一次大会的功能。"①

　　真萨特恰恰说过一种要求时间的并由多方进行的解读。他赞同马克思关于真理产生的认识，因为他写道"一切将是明白的"，这一形成的真理与伪萨特的意愿的真理毫不相干，对于这种意愿的真理，梅洛-庞蒂认为它"背离表象前进，它本身就是疯狂"。我们有理由疑惑是否萨特的吊诡与疯狂实际是可以通过他的评注家的未理解来得到解释。

　　这些与真相相悖的话却源源不断。在独断地断言萨特思想

---

　　① 《辩证法的历险》，第 157 页。——原注

中"赋予意义的是意识的取得"之后，梅洛-庞蒂补充说："在涉及到事件的时候，其方式是不可更改的。"①以马克思为依据，他提醒萨特说："意识的取得……本身是一个事实，它在历史中有其地位。"②还有："只是因为我在历史中不占据任何驻留点，我才赋予历史一种意义。"③

但是萨特在《存在与虚无》中曾写道："只存在介入方式的认识视点。这等于说认识与行动只是一种原初而且具体的关系中抽象的两面。"④他将这一思想运用于历史，《答阿尔贝·加缪》的主旨就是意识在任何情况下都无法从历史中退出，而且任何意识的取得都是一个历史事实："如果我认为历史是个满是污泥与鲜血的游泳池，……我会在跳进去之前往里看两次。但是请您假设我已经在池里了，假设您的怒气本身从我的观点来看正是对您的历史性的证明……"⑤

意义由定位于历史中的意识获得，它并非那么不可更改，所以萨特写道："所以必须要有一部也已完结的人类历史，才能让比如夺取巴士底狱这样的事件获得一种最终意义……想要在今天确定这事件的意义的人，大概忘记了历史学家本人也是历史性的，即他在以他自己的计划或者他所属社会的计划来阐

---

①　《辩证法的历险》，第 156 页。——原注
②　同上书，第 157 页。——原注
③　同上书，第 269 页。——原注
④　《存在与虚无》，第 370 页。——原注
⑤　《现代》第 82 期，第 353 页。——原注

明历史的同时，他也将自己历史化……因此必须要说过去的意义是永久地缓期搁置的。"①

这段文字彻底否认了梅洛-庞蒂的断言。"对于马克思而言，意义通过机构来实现，对于萨特则没有这样的意义。"②因为对于萨特来说，机构的意义和事件的意义一样，都不是不可更改的，他并不以实践为语境来将自己历史化，而这与追求自己想要的真理的疯狂相反，将我们引回到对真理是变成真理的认识。意义的赋予，既不是无中生有，也不是不可更改，它是从事实中阐发的，是通过与历史的接触来自我批判的。

但是历史并不是伪萨特认为的那样，只是一种个人历史。因为对于伪萨特而言只存在人与物，他不得不将"历史约简为个人的行动"③。这样的断言是让人吃惊的，因为萨特认为个人只有通过历史才能真正被理解，这正是《何为文学》中表达的意思，而且萨特在《圣徒热内》中写道："要想让一个人拥有历史，必须让他发展，让世界的进程在自我改变中来改变他，让他通过改变世界来改变自己，让他的生活依赖一切的同时只依赖他自己，让他在死去的时候发现人生是时代的粗俗产品和自己意志的特殊作品。"④在《共产主义者与和平》中，他

---

① 《存在与虚无》，第 582 页。——原注
② 《辩证法的历险》，第 167 页。——原注
③ 同上书，第 134 页。——原注
④ 《圣徒热内》，第 288—289 页。——原注

更有决断，梅洛-庞蒂断章取义的那段文字全文如下："存在人类、牲口和事物。而人是属于历史性整体的真实而特殊的存在。"①萨特又明确说："历史性整体每时每刻都决定着我们的能力，它规定我们的能力对于我们行动场域和真正未来的限制；它制约着我们对于可能与不可能的态度，对于真实与想象的态度，对于存在与应当存在的态度，对于时间与空间的态度。以此为出发点，轮到我们来决定我们与他者的关系，即决定我们生命之意义和死亡之价值，在这一框架下才最终出现我们的我。是历史为一些人指明出路，却让另一些人在紧闭的门前捶胸顿足。"②

因而，个人在其我与其行动中是依赖历史情势的；同样不应该忘记，在萨特思想中，行动是不同于促使行动的意图的，我们落入一个对我们而言异化的世界，我们的意志也不由我们把握："不仅在历史中，而且在家庭生活中，事件都将我们最良好的意图转变为犯罪的意愿。"③非但事件的意义不总是反映一种有意识的意图，而且它具有一种客观意义。"所以，罢工者或者示威者有无进行革命的意志并不重要，客观上看任何群众示威都是革命性的，"④萨特写道。而且他在《共产主义者与

① 《共产主义者与和平》第二卷，第 725 页。——原注
② 同上书第二卷，第 717 页。——原注
③ 《圣徒热内》，第 548 页。——原注
④ 《共产主义者与和平》第三卷，第 1801 页。——原注

和平》中揭示这些技工的行动如何在客观上取得一种改良主义的意义，这是没有任何意志从主观上选择赋予它的。

作为个人的历史，历史在伪萨特思想中只是一种"计划的历史"，过去在其中不起任何作用。我们已经看到这一论点在与文学史有关的方面是多么错误的。在《共产主义者与和平》中，针对托洛茨基分子，针对勒福尔，萨特不断提到"这种被搅乱的历史，充满迟误和错失良机，其中工人阶级似乎在筋疲力尽地追赶最初的迟误，历史主线经常被一些外部的雷电，被战争等等打断"[①]。他强调——我们还会回过头谈论这一点——法国无产阶级由于自身的特殊历史而获得的特殊性，是由于这种被搅乱的过去，它既非个人意志的直接结果，亦非不可参透的晦暗不明。而且他彻底否定那些不顾历史的社会学解释。"因为从一开始就驱逐了历史，反共人士最后却被迫将它以其最荒谬的形式重新引进。"[②]

梅洛-庞蒂说，不管怎样，这种历史是不连贯的，它不包含一种真理的形成，因为："一种直觉哲学是将一切都置于现时的。"他不得不从中得出结论说萨特将政治行动看做一种纯粹的现时："在他的思想中政治的时间是被原子化的，即一系

---

① 《答勒福尔》，第 1606 页。——原注
② 《共产主义者与和平》第三卷，第 1732 页。——原注

列面对死亡的决定。""政治问题能够并且应该在现时解决，没有回头也没有重复。"①

　　我们可以反驳梅洛-庞蒂说，在萨特思想中没有任何现实是瞬时性的，而且在《存在与时间》中用长篇幅建立起的对于时间性的理论，将时间中不同时刻紧密地接合在一起，现时通过向未来逃逸而持续地重新抓住过去，除了这种双重的外逸之外别无其他。梅洛-庞蒂大概会通过吊诡手段来进行反驳：在政治方面，萨特否定了他前期的作品。我们可以提醒他说，在《共产主义者与和平》中，萨特谈到一种"辩证的真实时间"，他谈到群众时写道："实际上他们最基本的欲望是被世界与他们欲望的对象分裂开的，只能通过长期努力来得到弥合"。梅洛-庞蒂会回答说，的确在《共产主义者与和平》的最后一部分，萨特"离开了现时的观点"，但他仍然将用这一观点来解释这篇论著的整体。那么我们就有理由问一问梅洛-庞蒂，他是否害怕他揭示出的萨特思想中的前后不一会显示出他自己这方面的方法缺陷。就算萨特的最新论著与他的整体作品相矛盾，而这部论著的每个部分都与其他部分矛盾，评注家的作用难道不是恢复统一性，去将各元素定位在整体之中而不是与所有其他部分相对立来解释每个分离部分？或许他看出萨特不需要离开现时的观点，因为他忠实于自己从前的观点，他从未采

---

　　① 《辩证法的历险》，第144页。——原注

用过现时的观点。

梅洛-庞蒂是以什么为依据来声言相反的东西呢？鉴于萨特在《共产主义者与和平》里宣布是在研究历史的某个特定时刻，所以在萨特看来，时刻是相互孤立的！梅洛-庞蒂耸人听闻地说。那么就让我们进一步看看他的证明。

萨特曾写道："让永恒的法国与无产阶级本身来斗争一番，我所做的是通过我们经济的特殊结构来解释某些严格界定于时空中的事件，并且再通过我们本地历史的某些事件来解释我们经济的特殊结构。"①

这种态度是通常意义的历史学家的态度，是马克思本人和列宁经常采用的态度，在梅洛-庞蒂看来却是萨特极为独特的东西："但成为理论的正是这种对于原封不动的现时的参照；理论正在于这种将时间当做不可磨灭的东西（？），当做对我们的意向的决定性考验（？），当做对整个将来和我们自己的瞬时选择（？）来处理的方式。"②

梅洛-庞蒂在此处所使用的手段，正是我们可以称作随意断言法的手段，我把他每个随意断言都打上了问号。这段文字是特别令人吃惊的，因为萨特写作《共产主义者与和平》是为

---

① 让梅洛－庞蒂的自欺行为更为显著的，是他在论著最后部分写下了这几行，梅洛－庞蒂认为在这一段中萨特未采用现时的观点。见《共产主义者与和平》第三卷，第1735页。——原注
② 《辩证法的历险》，第144页。——原注

了反击那些反共人士的，他们声称将五月二十八日和六月四日的事件当做是不可磨灭的事件来对待，将这些事件看做是对于无产者意图的决定性考验，看做是对于一种瞬时选择的表述；与此相反，萨特认为这些事件只是一个"否定符号"，作为符号是"可以困难地加以解读的"。萨特说，如果局限于现时，便不可能知道群众是否否定了什么，也不可能知道他们否定的是什么。"我们所面对的是本地的和日常的历史，是晦暗不明的，部分地属于偶然的，各项的关联不是那么紧密，有可能变换其中一些项而在某种限度内并不会改变其他项。"①所以，他认为对纯粹现时的参照永远不足以阐明事件。

梅洛-庞蒂通过使用一种新手段来继续他的指控，即二元对立法。他将对手封闭于一种虚假的非此即彼的二元选择中："不谈论无产阶级、阶级本身和永恒的党，便是建立一种关于无产阶级和党的理论，将它们看做是持续的创造，即被判缓期的死者。"②

梅洛-庞蒂在法兰西学院讲授哲学，他怎敢提出两难选择：理念或者持续创造？难道他不了解有些体系——比如现象学——摆脱柏拉图和笛卡儿，给予存在者一个时间维度，并不将它们束缚于永恒之中？难道他真的不知道人们可以否认理念

---

① 《共产主义者与和平》第二卷，第751页。——原注
② 《辩证法的历险》，第144页。——原注

本身而同时相信历史、辩证法和时间？

然而，没有任何较为严肃的论据来支撑梅洛-庞蒂有关萨特与辩证法的关系的断言。以他归于萨特头上的直觉哲学的名义，他心安理得地写道："萨特如今说辩证法是一种废话。"[1]"这是他对于辩证法的失败的见证。"[2]"我们感到对于萨特来说辩证法始终都是一种幻象。"[3]

萨特没有任何文字能允许这些断言成立。萨特当做废话的目的论的乐观主义，通常是隐蔽在辩证法背后的，他并不针对辩证法本身。他并不认为历史是由一种理念-力量赋予形式的，这种理念-力量外在于创造历史的人，并且将历史以一种确定的宿命带向一个幸福的终点，但这也并非是马克思所认为的，他写道："历史只是追寻自身目标的人的行为。"萨特将这些话拿来为自己所用[4]。在他看来，辩证法是我们行为的产物，我们的行为落入一个世界，在其中化为物，它们沿着为他存在的维度逸出，并随即驱使新的行为。历史的辩证与时间性原初包含着的辩证相关联，并与自为的存在与为他的存在的关系所导致的辩证相关联，历史的辩证不是废话，萨特并无意否定它，他描述——我们已经看到这一点——文学史是通过一种辩证形

---

[1] 《辩证法的历险》，第 312 页。——原注
[2] 同上书，第 133 页。——原注
[3] 同上书，第 135 页。——原注
[4] 《答阿尔贝·加缪》，《现代》第 82 期，第 352 页。

象的。而且他写道：

"对资本的批判是辩证的。"①

"黑格尔的泛逻辑论附带着一种泛悲剧论，而在马克思主义中同时有着对资本的批判和人类的悲剧，这是辩证法的两个不可分的侧面。"②

"但是您如何能够设想托洛茨基称作'政党领袖与群众的辩证'的东西？"③"马克思主义辩证并非精神的自发运动，那是人类为了根植入一个拒绝他的世界而进行的艰苦劳动。"④"马克思使我们重新发现了辩证的真实时间。"⑤梅洛-庞蒂如何能感到萨特否认辩证法呢，后者白纸黑字地写道"实际上，有几种辩证法，它们是在事实中的。该由我们从中发现它们，而不是把它们放进事实中去"⑥？

梅洛-庞蒂甚至声称："一种作为揭示的行动，一种作为行动的揭示，简言之即一种辩证，这正是萨特所不愿正视的"⑦，然而萨特却不断地讲，任何行动都是揭示，任何揭示都是行动。我已经引用过萨特的这段文字，他在其中说："认识与行

---

① 《答勒福尔》，第 1596 页。——原注
② 同上书，第 1576 页。语境明确地表明这种辩证法在此是被看做有价值的。——原注
③ 同上书，第 1609 页。——原注
④ 同上书，第 1605 页。——原注
⑤ 同上书，第 1606 页。——原注
⑥ 《共产主义者与和平》第三卷，第 1732 页。——原注
⑦ 《辩证法的历险》，第 192 页。——原注

动只是一种原初而且具体的关系中抽象的两面。"这是他在《存在与虚无》中阐发的一个立论，我们看到这也是《何为文学》的缘起的立论。

"介入作家知道，言语即行动。他知道揭示即改变，知道人们只有通过计划改变才能够揭示。"如果说揭示行为是奇特的，那是因为这行为所包含的这种重复：它作为目的确立的正是自己的一个直接维度。但是在认识与行为的关系中，正如同在我与他者的关系中，过去与未来的关系中一样，辩证法的所有条件在萨特看来都聚集在一起了。

三

如果没有历史，没有真理，没有时间性，没有辩证，那么事件的意义是被命令强加的，而行动也归结为一系列不连贯的任意决断。这便是梅洛-庞蒂作为依据来建筑伪萨特学说的中心论点。他在其对于萨特的研究的引论部分宣告，萨特用"一种关于未知中绝对创造的哲学"来替代历史哲学。于是共产主义成为"一种不确定的事业，同义务一样，是免予任何讨论，而且免予任何证明的"①。在这一设想中："党的行动是免予意义的衡量标准的。"②

---

① 《辩证法的历险》，第 138 页。——原注
② 同上书，第 139 页。——原注

“作为是绝对的首创，是无根源的。”①

活动家、政党、阶级是从一种“不依靠事物的意志”中产生的。

我们很了解萨特从未同意说一个行为可能无动机地产生，也不同意一种创造是无中生有地进行：

“自为的存在的自由总是介入的，这里不是一种作为不确定的力量的自由，不是一种先在于自身选择的自由。”②

“选择的结构必然意味着它是此世上的选择。一个无中生有的选择，什么都不对抗的选择，是对无的选择，会作为选择而化为乌有。”③

“我们的决定在一些新的时机中把那些指导我们生命的主导主题汇集成新的综合。”④

“行为将可能转变为真实。”⑤

“人们是用某种东西来制成某种东西。”⑥

增加引文是无益的。梅洛-庞蒂记得很清楚，对于萨特来说“自由不存在于决定中”⑦。但是，又一次，他借助吊诡手段而毫无顾忌，此处萨特的思想被再次与他的作为对立起来：

---

① 《辩证法的历险》，第 186 页注解。——原注
② 《存在与虚无》，第 558 页。——原注
③ 同上书，第 559 页。——原注
④ 《圣徒热内》。——原注
⑤ 同上书，第 321 页。——原注
⑥ 《存在与虚无》，第 566 页。——原注
⑦ 《辩证法的历险》，第 266 页。——原注

"一切的发生就如同当萨特在现时中采取立场的时候这些思想并不介入，于是他回到①（？）关于选择的意识形态和未来主义。"

所以我们将遵循萨特的政治思想，去研究一下是否在他看来革命意志、阶级、政党真的是"不依据事物"而涌现的。

梅洛-庞蒂肯定这一点："在严格意义上，无产者并非成为活动家的条件，只要革命意愿不是万事俱备地从穷困生出来，对于他（萨特）来说就足以认为似乎革命意愿根本不是从穷困中产生的，认为它是无中生有的。"②

如同《苍蝇》中的奥雷斯特，活动家将会看到自由扑向自己，他会因为天命而成为革命者。这就是梅洛-庞蒂赋予萨特文字的意义："人是有待造就的，人就是人所缺少的东西。"梅洛-庞蒂声言，这些话的意思是人是"一种应当的存在，甚至是一种纯粹义务。""这是义务或者虚无对于存在的咬噬，是萨特曾称作'会死的'自由，是它构成活动家的。"③而梅洛-庞蒂饶有兴味地自问为何他不去为道德行动的统一而进行斗争。

这位建议人们不要戴着马克思的眼镜来阅读萨特的梅洛-庞蒂，我恐怕他在这里借用了——天知道为什么——拉尼奥的

---

① 《辩证法的历险》，第267页。萨特如何回到梅洛-庞蒂所承认的从未是萨特自己的哲学呢？——原注

② 同上书，第145页。——原注

③ 同上书，第146页。——原注

眼镜。若非如此，他对这段他任意断章取义的文字的理解就会完全不同。的确，萨特曾写道："新的无产者无法以丝毫的功绩来作为论据……而疲劳和穷苦却要压垮他；必须让他死去，要么就让他获得满足。那么他将用什么为依据来提出要求呢？好吧！要求正是不以任何东西为依据①。或者如果你们愿意，要求是以其自身为依据的：需求产生权利。这种新的人文主义本身就是一种需求，它是间接地作为一种不可接受的挫败的意义本身被体验的……对于那些熟练工人而言，人是有待造就的，等等。"②

因而，虚无对存在的咬噬在此处不再叫做自由而叫做需求。梅洛-庞蒂是唯一声称在萨特思想中，只要革命意愿不是万事俱备地从穷苦中产生，那么它就绝对不是从中产生的，它实际上产生于一种不可接受的挫败。萨特已经在他论文的第二部分③揭示了熟练工人的处境除了皈化革命之外不留给工人任何出路，这种皈化包含着它所超越的东西；此处它是从一种绝对的缺少一切中涌现出的，即从贫困中涌现。至于自由，萨特在谈到群众的时候说："群众甚至想象不到此为何物。"④

----

① 由于恐怕有人在此使用过度表意的手段，必须明确说：这里的不以任何东西为依据只是资产阶级的价值与功绩世界而言的，但是这种缺失附带着一种需求的具体在场。萨特在此处非常接近马克思主义的表述："对一个事物的需求，其本身就是满足这种需求的充分理由。"——原注

② 《共产主义者与和平》第三卷，第 1581 页。——原注

③ 同上书第三卷，第 756 页及其后内容。——原注

④ 同上书第三卷，第 1794 页。——原注

梅洛-庞蒂如何敢于支持说"死去或者获得满足"这一二元选择让无产者面临一种康德意义的道德命令？他如何能将一个饥饿的人混同于那些赞同道德教化的统一和联盟的丰衣足食的唯心主义者呢？继此之后的所有论争都一下子失信于人，因为它是建立在将一种需求理论与一种自由理论的混同之上的。

如此重大的错误的原因是明白的。不存在的东西不可能有根：梅洛-庞蒂用"对自由的劫夺"来代替扎根需求，因为他想说萨特否认无产阶级的任何存在。萨特的政治思想将依照他的本体论。"政党是意识的一种副本，"[①]梅洛-庞蒂肯定说。伪萨特的本体论呈现出独断的意识和晦暗的存在，他的政治思想只是让"领袖的生硬意志与事物晦暗不明的必然"[②]对峙起来。表述意义的现实——这里即无产阶级——被隐去了。

"萨特所说的无产阶级不是可确认的，也不是可置疑的，也不是有生命的，这不是一个现象，这是一个用来代表萨特思想中之人类的代表范畴。"[③]

它是"领袖们的一种理念。它凌驾于历史之上，它不根植于组织结构中，它没有动机，如同所有理念一样它是其自身的成因"。"它是一种界定并且仅存在于萨特的精神中。"[④]

---

① 《辩证法的历险》，第 143 页。——原注
② 同上书，第 227 页。——原注
③ 同上。——原注
④ 同上书，第 228—229 页。——原注

而且梅洛-庞蒂不顾及萨特的文字，他宣布："这不是一种历史的现实。"①

不仅萨特写过这是历史的现实，而且这还是他论文中一个主导论点：他反对托洛茨基分子，反对勒福尔，指责他将无产阶级作为一种理念来对待，他不断强调无产阶级特殊的历史——比如法国无产阶级——所赋予它的具体、可确认、有生命的特性。那些穿越它的逆流并不表达一种永恒本质；在谈到工人斗争的时候，萨特拒绝仅仅从中看到一种抽象结构的宿命性的重复："我在这些斗争中发现一些具体因素的行动，在继之而来的沉睡中，我看到失败与恐怖政策的后果。"②

对于萨特具体描写历史与无产阶级处境的数不清的文字，梅洛-庞蒂用他惯用的一种两难选择来对抗：要么无产阶级存在，要么就什么也不是。这是忘记了在现象学中——这是梅洛-庞蒂从前看重的——存在者不可能受困于这种二元选择中：存在者是自我成就的。萨特是忠实于这一学说的，他拒绝将无产阶级物化，当然这并不会使他不承认无产阶级的存在：

"如果阶级存在，那将是作为每个人和所有人的一种新的近似物，作为通过并且针对各种分化力量来得到实现的一种在

---

① 《辩证法的历险》，第 227 页。——原注
② 《共产主义者与和平》第二卷，第 763 页。——原注

场方式，它将成就劳动者们的统一……我只想指出阶级的统一既无法被动接受也无法自动产生。"[1]

"阶级是自我成就并且不断重新再造的，它是运动、行动。""阶级作为人群与历史意义的群众的真正统一，它通过一个参照某个意图的过去确定时间中的行动来得到表现；它从不与驱使着它的具体意愿分离，也不与它所追求的目标分离。无产阶级是通过其日常行动而自我造就的。"[2]

萨特指出，这一立论是与马克思的立论相同的，马克思也是通过实践来定义阶级的。梅洛-庞蒂的自欺在此处正是（我们知道对于萨特而言，自由、选择、行动从未意味着决断）将萨特所理解的实践与一些没有任何东西驱使的瞬时的和任意的决断等同起来：

"无产阶级只是通过一些突然而来的决断才开始存在的，而且对抗着所有事实。"[3]

在萨特看来，正相反，它是从事实出发才自我造就的：从它的贫困，从它的需求和从生产体系出发的。

萨特写道："对于工人而言，政治不可能是一种奢侈行为，政治是一种需求。"[4]

---

① 《共产主义者与和平》第二卷，第 725 页。——原注
② 同上书第二卷，第 734 页。——原注
③ 《辩证法的历险》，第 156 页。——原注
④ 《共产主义者与和平》第二卷，第 756 页。——原注

没有实践，阶级便不存在，但是实践包含着某些非常具体的条件："生产制度是一个阶级存在的必要条件；是整个的历史发展，是对资本的批判和工人在资产阶级社会中的角色阻止无产阶级成为一个随意性的群体。"①

梅洛-庞蒂会说，也许吧，但是不管怎样对于萨特来说一切的发生就像无产阶级什么都不是；它并不打破意识与存在之间的生硬对峙，因为人们允许它做的唯一行动就是服从于党。"它由于服从而在瞬时间存在，而由于不服从便立刻不再存在。"②

"那些构想的人与那些执行的人之间没有任何交流。"③

党是无中生有突现出来的："如果一切来自于自由，如果在创立党之前工人什么也不是，甚至不是无产者，那么党便不依据任何既定的东西，甚至不依据他们共同的历史。"④

一旦被创建，党就"执行无法证明合理性的选择"⑤；它命令去行动"没有任何预先的动机，与任何理由相悖"⑥。

萨特真的是这样设想群众与党的关系吗？

---

① 《共产主义者与和平》第二卷，第 734 页。——原注
② 《辩证法的历险》，第 227 页。——原注
③ 同上书，第 202 页。——原注
④ 同上书，第 147 页。——原注
⑤ 同上书，第 230 页。——原注
⑥ 同上书，第 188 页。——原注

我们已经说过，还必须与重复相反内容的梅洛-庞蒂一样一再重复说：并非一切都来自自由，而是来自于处境。熟练工人的生活条件、他的疲惫、知识的匮乏是与劳动的机械化相关联的，这些情况使熟练工人不能既是工人又是活动家；活动家来自于群众，他应该——如列宁本人所说的——走出群众："技术员与熟练工人的双重组合应当由熟练工人与职业活动家的双重组合来加以补充。"[1]

"新的官员是由人们对他们的需要来给予合法性的。"[2]

党出自于群众，群众并非什么也不是，而是由剥削它的经济的特殊时刻具体地定义的，党是由于群众对它的需求而被送达权力，党仍然以如此密切的方式与群众相联系，以至于如果没有群众，它便什么也不是。"如果群众突然拒绝跟从它，它就会失去一切；不论它多么强大，它就像巨人安泰俄斯[3]只有在脚触大地的时候才有力量。"[4]

党是"途径，无产阶级以之为出发点将自身重新安置于社会，并且反过来将那些把它当做客体对象的人当做客体：党是传统和机构……但是这些空洞形式的内容却将通过与运动的联系本身而诞生，群众进行运动以便聚集起来"。

---

① 《共产主义者与和平》第二卷，第 1803 页。——原注
② 同上书第三卷，第 1804 页。——原注
③ Antaeus，希腊神话中的利比亚巨人。
④ 《共产主义者与和平》第二卷，第 703 页。——原注

"党仅仅由于它是群众的联盟才与群众相区别的。"①

针对托洛茨基分子和勒福尔，萨特所否定的是群众被赋予一种智性的、有组织的自发性，使得他们能够不经机构为媒介来产生一种政策，而在这一点上他再次与马克思一致。但是他从未认为群众是纯粹的惰性，是缺乏意义的晦暗不明。相反，他说当一场大的社会运动开展的时候："潮流的起源仍是外在于工会组织的：是饥饿、愤怒或恐怖发动的，或者有时，像在一九三六年那样，是突然间的希望。"②

"没有工会组织，运动也许会终止。但是工会组织本身不能产生运动，当它发动运动的时候，那是因为它及时利用了运动真正的原因。"

因此，并非是群众服从于活动家，相反是活动家应当为群众服务。

"人们既不能驱动群众，也不能操纵群众，当群众在外部情况作用下将自身转变为行动的群体时，群众用行动确定了自己。"③

群众"指出要达到的目标，轮到活动家来找到最短的途径"④。

---

① 《答勒福尔》，第 1607 页。——原注
② 《共产主义者与和平》第三卷，第 1807 页。——原注
③ 同上书第三卷，第 1818 页。——原注
④ 同上书第三卷，第 1814 页。——原注

所以我们与那种让领袖免于群众控制的政治概念相去甚远。梅洛-庞蒂声称萨特认为"任何关于对领袖的控制的见解都不予考虑"①。但萨特写道:"群众控制着活动家,就如同大海控制着舵手……领袖只有同意将群众领向他们想去的地方,才能取得他们的信任。"②

"官员们通过逐次逼近来领导运动:左打一下舵,右打一下舵。"③

梅洛-庞蒂声称,萨特将党的行动设想为"一种'群众方法',将群众当做一种乳状物来'搅动'……这与那种党和工人阶级共同经历同一处境并且一起创造同一个历史的行动正相反"④。

但是虽然萨特给持续的鼓动以一席之地,党借此来与作用于群众的瓦解力量作斗争,他却远没有将共产主义行动归结为这种手段,一定是出于自欺才可能进行这样的混淆,而萨特曾经写过党是"人们之间的一种媒介……它[这种媒介]在工人阶级历史的某些时刻既是关系又是意愿;这种暧昧……确立起一种辩证的可能,时而将群众与党对立,时而将它们统一起来……当然如果不是顺着社会潮流的方向,党的领导便是没有

---

① 《辩证法的历险》,第149页。——原注
② 《共产主义者与和平》第三卷,第1808页。——原注
③ 同上书第三卷,第1867页。——原注
④ 《辩证法的历险》,第164页。——原注

效果的；但是为了让党的领导顺应工人运动的真正倾向，还必须要这些倾向存在，而要让这些倾向存在，要让它们是具体的，就必须一定程度的融入"。

"如同任何真正的关系，党与群众的联系是模糊的：一方面党依据群众，另一方面党组织群众并试图教育群众。"①

梅洛-庞蒂拒绝萨特有权借助一个模糊性的概念，这是尖刻的。他自己毫不犹豫地借助一种累赘繁琐的行动，时不时地将真萨特的复杂性与伪萨特简单化的断言对立起来，他对萨特下面的话感到愤怒："我认为，人们无法解释当下的处境，除非是通过行动与激情的一种不可分的混合来解释，激情在其中临时占了统治地位。"②

"如何理解这种水与火的混合？"③梅洛-庞蒂叫嚷起来。萨特的所有分析都正是寻求反映出这种混合。党的作用在他看来就是给被动以活力。"要想将贫困转变为革命因素，就必须懂得向他揭示他的存在理由和他的要求。"④

在群众眼中党所代表的"是他们的渴望、他们的倾向，但是被推到白热化，即达到最高的效率"⑤。

萨特说，领袖的政策与群众的情绪"彼此互为外部条件，

①　《共产主义者与和平》第二卷，第 197 页。——原注
②　《答勒福尔》，第 1623 页。——原注
③　《辩证法的历险》，第 232 页。——原注
④　《答勒福尔》，第 1611 页。——原注
⑤　《共产主义者与和平》第二卷，第 697 页。——原注

最终一方对另一方起反作用，双方互相改变着、适应着，而最后建立起平衡，这是一种相互适应，于是可能性发扬出来，有什么样的领袖，就有什么样的群众，有什么样的群众，就有什么样的领袖"[1]。

这一描述以及其他许多描述，向我们说明党和工人阶级"共同经历同一处境"。我们并不认为一种行动会从外部强加于被动群众。但是梅洛-庞蒂不顾所有这些文字执意说对于萨特而言党是一种纯粹的行动，所以给它压上现实的重量是自相矛盾的，它将不再是纯粹的。大概吧。但是萨特在何时将纯粹的行动一词用做梅洛-庞蒂所赋予它的意义，即一种在事实中无根源并且对既定没有考虑的行动？萨特使用过两次梅洛-庞蒂——使用过度表意法——将之当做萨特政治思想的关键的这个表述。在将党与群众相对立的时候，萨特写道："群众最终将改变世界，但是就目前而言世界压垮他们……党对于世界是纯粹的行动，它应当向前进要么就消失。"[2]这段文字意味着党不能永远置身于女看护的地位，沉睡去，等待着：纯粹的行动在此处只是与不行动对立的。稍后，萨特解释说群众是陷入困境而受到个别利益拖累的："必须将之从中摆脱出来，联系的组织机制必须是纯粹的行为……党就是将工人团结起来引导他

---

① 《共产主义者与和平》第二卷，第 747—748 页。——原注
② 同上书第二卷，第 697 页。——原注

们夺取权力的运动本身。"① 这里纯粹是与个别利益的拖累相对立的。但是萨特从未假设过党的行为可能不是实际的。梅洛-庞蒂用来支持自己的解释的唯一证据就是这个：

"是萨特的本体论想要历史作为共同未来被某些人的纯粹的行动担负起来，这纯粹行动等同于其他人的服从。"②

我们已经看到应该如何看待梅洛-庞蒂给予萨特本体论的解释。另外，让我们注意他将萨特政治思想与他的本体论联系起来的方式无论如何都是主观臆断的。就着他的方便，本体论表现出是具有约束性的，或者相反，萨特可自行决定反叛它。此处他告诉我们本体论只允许纯粹的行动，我所引用的文字证明它不接受无中生有的行为，也就是纯粹行为。那么便怎样？不正是梅洛-庞蒂在此下一些纯粹的断语吗？

以真萨特为依据，读到梅洛-庞蒂与伪萨特进行的对话会很有趣。他反驳后者说：

"阶级并非作为一个由活动家的意志打造并操弄的客体对象处于他面前，阶级同样是在他身后的。"③

"理念既不是由党从无产阶级那里接受的，也不是由党交付无产阶级的，它是通过党建立起来的。"④

① 《共产主义者与和平》第二卷，第 761 页。——原注
② 《辩证法的历险》，第 219 页。——原注
③ 同上书，第 157 页。——原注
④ 同上。——原注

但是萨特写道:"既然群众移动时必然动摇社会,群众是由于他们的客观处境才成为革命者:为了为他们服务,负责人应当建立起一种革命政治。"①

"如果积极的经验从感受性和不确定性开始……解读可以通过一种中介来进行。并非是一个党能够将它的答案强加于人:是他在尝试着答案,如此而已。"②

梅洛-庞蒂回顾说:"列宁认为意识有义务了解无产阶级自发地所思和所做的一切。"③

但萨特说:"活动家的主要任务是保持与群众的联络。"活动家应当"对自己的能力,对自己讲话产生的效果,对处境的客观可能性作出估计"。

以及:

"必须有能力预测工人的反应。如果没有汇集信息、进行调查和查询统计资料,如何作出决定?群众不断发出信号,应该由活动家来加以解释。"④

自我定位于真理的标准之内,"党不可能弄错,"梅洛-庞蒂说。

但是萨特在谈到活动家时写道:"他所进行的综合本身只

---

① 《共产主义者与和平》。——原注

② 《答勒福尔》,第 1589 页。——原注

③ 《辩证法的历险》,第 175 页。——原注

④ 《共产主义者与和平》第三卷,第 1802 页。——原注

是一种构拟，其或然性在最佳情况下也不可能超过未经实验验证的一个科学假设的或然性。当然，会有一种反证证明，但是鉴于进行实验的正是行动本身……错误的代价是高昂的。"①

梅洛-庞蒂指责萨特将党与群众的关系看做一种目的与手段的关系或者手段与目的的关系，而在它们之间是有着开放关系的。但萨特在谈到群众的时候写道：

"由于群众代表着能够实现革命事业的力量本身，可以认为只要群众是一种政治的目的，群众就是这种政治的手段。"②

"因为问题不是要改变群众而是帮助群众成为群众自己，它［党］既是群众的简单表述又是群众的榜样。"③

梅洛-庞蒂提到："党对于活动家而言只是通过行动才有价值，党召唤他进行行动，而这种行动并不是一开始就完全确定的。"④

但萨特曾经解释说："已经集合在一起的阶级能够超越其领袖，引领领袖走向比他们所愿更远的地方，并且在社会领域反映出一种初步决定，这种初步决定也许只是政治性的。"⑤

---

① 《共产主义者与和平》第三卷，第 1810 页。——原注
② 同上书第三卷，第 1815 页。——原注
③ 同上书第二卷，第 697 页。——原注
④ 《辩证法的历险》，第 172 页。——原注
⑤ 《答勒福尔》，第 1609 页。——原注

让一种政治从一系列不参照历史也不参照真理的纯粹行动中涌现出来，显然会导致最荒谬的结论。

"所有的可能之间是等距的，因为只存在意愿，在一个意义上是零距离的，在一个意义上是无限远。"①

萨特却解释说党的作用正在于将群众在直接中当做彼此等距来把握的那些可能性排出次序。这正是双重目标方法的意义："人们向群众揭示出他们的诉求行动的远期后果，告诉他们一般在什么情况下诉求会得到满足。"②

梅洛-庞蒂说，在萨特看来，实践"就是令人眩晕的自由，是我们所拥有的神奇力量，用它来做并且为自己做任何事情"③。

萨特写道："实践是在经济运作中预先画出草样的。"④

梅洛-庞蒂指出，"不依据任何历史既有的东西，不包含策略和战术，这样的改变世界的直接愿望在历史上就是人心的法则和人心的眩晕。"而他明智地反驳说："唯有通过纯粹的行动的手段，没有外部的复杂性，人们才能不带疯狂地去从事重新创造历史的工作。"

但是显然萨特并不认为人们可以"重新从零开始创造历

---

① 《辩证法的历险》，第 179 页。——原注
② 《共产主义者与和平》第三卷。——原注
③ 《辩证法的历险》，第 179 页。——原注
④ 《共产主义者与和平》第三卷，第 1770 页。——原注

史"，他在《答阿尔贝·加缪》中写道："如果想改变其中一些事物，那么首先必须接受许多事物。"

的确，在梅洛-庞蒂所使用的词语本身中有着一种疯狂：历史的零点在何处？如果把零点定在直立猿人的时代，我们如何能回忆起那个时代？

"从现有社会到革命社会，既没有阶梯也没有路径，"梅洛-庞蒂在评论萨特的时候说。但是萨特却写道："为了让他们〔群众〕有一天能够取胜，就必须为他们的胜利做准备；建立联盟……确定战略，创造战术。"①党的作用正是通过一种政治来为群众的要求作媒介，因为"需求是一种缺乏，它可以奠定一种人文主义，而不是一种策略"。

我们看到在《辩证法的历险》中对萨特政治思想的篡改与他对萨特本体论的歪曲一样彻底。面对如同事物一般晦暗而无言的无产阶级，党将通过一些即时行动来无中生有创造历史：纯粹行为的唯意志论与纯粹意识的帝国主义是对称的，是纯粹意识赋予世界意义。这两者都是与萨特不相干的。萨特认为，相反党的作用是通过一种要求时间并且包含着犯错误的可能的经验阐发出或然世界所指示的真理；正是从这一真理出发，依据着群众的需求，被群众推动并控制着，才建立起一种能够让群众的要求取得胜利的长期政策。

---

① 《共产主义者与和平》第三卷，第 1801 页。——原注

四

　　人们可能会认为伪萨特理论的乖张将其与现实彻底割裂。而梅洛-庞蒂却承认在这种将主体当做造物主宰的哲学上的胡言乱语与一种纯粹行动的政治的疯狂之间有一种预先建立的奇怪的和谐，认为萨特对于极端布尔什维克政权提供了一种恰当描述。他唯一的错误被认为是对于共产主义的这种最新化身采取一种同情态度。的确，梅洛-庞蒂说，萨特不再相信这种内在性真理，按照马克思的看法这种真理确保着实践，即革命。所以他的决定只是一种道德选择，反映出一些个人的固执。如果置身于客观性的范围，必然会附议这种不可知论的反共主张，自从朝鲜战争说服他承担起自己的自由，梅洛-庞蒂便采用了这种主张。

　　我们将审视这一证明的不同时刻。

　　据他说革命在萨特思想中只是作为神话和乌托邦空想来介入。"按马克思主义所认为的在场意义来说，即作为阶级斗争的内部机制的在场来说，萨特所说的革命是不在场的，按照马克思主义认为的远期的意义来说，即作为目标的确定来说，萨特所说的革命是在场的。"①

---

　　① 《辩证法的历险》，第 184 页。——原注

但是当萨特说无产阶级如今失去了对于历史的把握，他仅仅是在见证工人们不再感觉革命是他们的日常任务；在他们对局部的要求与他们改变世界的意志之间，不再有紧密的共生关系；这并不意味着他们的意志已熄灭，也不意味着资本主义已经不再被一些矛盾撕裂，这些矛盾使得资本主义的毁灭成为必然：

"请你们不要从中得出结论说无产阶级忘记了它未尽的任务，的确，局势迫使无产阶级执著于自己的直接利益，剥夺了它的所有未来。但是真理却从未如此明确地呈现：每个阶级都在追求另一个阶级的灭亡……因此，如果危机加剧，就可能导致革命，即一种被其内部矛盾所破坏的经济会毁灭。"①

梅洛-庞蒂承认："有着一种无产阶级通过政党以政治方式生存的潮起潮落。"②在当前阶段中萨特看到一种落潮期，无产阶级并不因其客观处境就不具革命性了，如果它需要党来让自身的意志传递到有效实践中去，那么就无权由此得出结论说："革命本身将是党的事情。"梅洛-庞蒂说，如果革命由党来创造，那么革命将不与在无产阶级内部成熟起来的革命相同，它将不是真革命，因为革命的本真性要求无产阶级达到政治生活

① 《共产主义者与和平》，第 1773 页。——原注
② 《辩证法的历险》，第 163 页。——原注

和管理。所有推理都依据他事先进行的对机关与群众之间的分离，但是如果党仅仅由于是群众的统一才与群众有所区别，那么梅洛-庞蒂的反对就不攻自破。

由于不确信，他又说，"革命仅仅是由革命与其正在消灭的阶级的对立来定义。""革命是超越他者走向无尽的任务，萨特说……而马克思认为：革命是对他者与自我的超越。"实际上，无尽任务的概念在萨特思想中的意思不是革命走向无限，而是一旦资产阶级作为阶级被消灭，无产阶级一定会超越否定的时刻。如果说萨特拒绝对社会将具有的确切面目进行描述，那是因为对他而言如同对于马克思来说一样，革命作为目标的确定是不在场的，人们无法从正面来想象它而不堕入乌托邦空想。这并不意味着未来变成完全的晦暗不明；如果共产党真的通过纯粹行动从零出发来重新创造未来，那么将会是这种情况；但是这一假设本身就是疯狂的，何况梅洛-庞蒂也承认："我们遭遇到的不是作为纯粹行动的共产党，而是作为实际行动的共产党"；萨特对共产党的描述正是这样的。是要在历史意义上使一种根植于社会结构的真理获得胜利；实践并非无中生有创造出的，它是建立在世界所指出的客观意义的基础上的。从这一世界到一个革命世界，有着一种完全清晰可辨的过渡。当然，未来并不会因此就完全可以预测，不论对于马克思还是列宁，未来都是不可预测的。梅洛-庞蒂第一个承认一种实践，"因为它同意投身于超越它对于党与历史所知的内容之外的东西，它使人能够更多地了解党和历史，它的格言有可能会是 clarum per obscurius①。"②为什么当这种介入在革命的意义上进行，他便突然带着情绪宣布说："选择革命其实就是选择随便什么东西"，而萨特却与实践相反在 obscurius per clarum③？

这是因为梅洛-庞蒂执意于通过纯粹的推断，从伪萨特学说出发来重新构拟萨特。如果萨特否定历史、辩证法并最终否定革命，他的介入就只可能建立在一些抽象原则之上。"因此对于事件的解读依赖于一种道德选择。"梅洛-庞蒂承认政治的判断"超出道德也超出纯粹科学的把握，政治判断属于两者之间的往复运动"④。但是既然萨特放弃了科学，既然在他的哲学中"没有关于社会的真理"，那么在他的思想中决断便只属于伦理学范围。觉得自己被"最弱势者"的注视谴责，萨特便会用纯粹行动来为自己辩护，而由于他无法自己在生命的每个时刻都实现这种行动，他便会将事情委托给共产党，他会声称自己通过同情而认同共产党。"纯粹行动是萨特对于这注视的回答……我们是处于魔法或者道德的世界之中。"

梅洛-庞蒂的解释似乎在此反映出他个人的一些执著念头，因为萨特从未曾说到被谴责，赎罪的想法、想在无产阶级眼中

---

① 拉丁文，用晦涩的话来解释明白的事。
② 《辩证法的历险》，第 264 页。——原注
③ 拉丁文，用明白的话来解释晦涩的事。
④ 《辩证法的历险》，第 208 页。——原注

无可指摘在他作品中根本看不到。梅洛-庞蒂却将此变成萨特的决定的最终推动力。认为萨特假装把他人放在最高位置加以考虑，但实际上却只考虑自己，他的态度反映出"我思的疯狂，发誓将自我的形象加入到他人之中"。梅洛-庞蒂的狂怒在此使他迷失，使他将一些词连在一起让它们一同嚎叫：我思、自为的存在对于自我的纯粹在场不可能具有形象，形象只有从自我这一超验对象出发才会出现。以更为明晰的方式，梅洛-庞蒂还说萨特寻求"将他人对我的决定作用与我在自己眼中的存在达成一致"。萨特曾在《圣徒热内》中指出，这样的企图必然失败，他书中的结论是必须有一些特殊情况才能导致一个个体将自己的人生建筑在这样的计划之上；很清楚，从萨特叙述热内的经历的方式中看出，他并不认同那样。他生活中和作品中都没有任何东西允许别人用这种赎罪意愿来定义他。梅洛-庞蒂再一次使用了随意断言的手段。而且，他应当奇怪为什么在用他人这个暧昧的词来指称的这种非整体化的整体性之中，萨特选择最弱势者的注视。如果他在寻求一面镜子，他可以选择阿隆的目光，选择梅洛-庞蒂的眼光，选择思想精英的目光。梅洛-庞蒂回答，他想与自我相符合，那么这种符合为什么属于这一形象而不是另一个呢？符合不是一开始就既定的。当一种客观性的揭示使他质疑他先前的态度，梅洛-庞蒂通过拒绝"马克思主义的观望等待"来与他的自我相符，所以相符依赖于我们感知自身处境的方式，因此依赖感知世界真相的方式。反共人士是与世界并且与自我相符的，共产主义者也一样。这种形式上的解释无法说明萨特的具体选择。

事实上，只要不带偏见地阅读萨特的书就足以从中把握其客观的原因。当萨特谈及最弱势者的目光，他绝对不是在谈自己；在描述熟练工人当前的处境时，他解释说为了将群众从他们的自卑感中解脱出来，"必须让他们明白他们给所有人提供了从真实中注视人类和社会的机会，即用最弱势者的目光来注视"①。因为，与梅洛-庞蒂所声言的相反，对于萨特而言，有着一种社会真理，它是被资产阶级的故弄玄虚所乔装改扮的，而且是被群众意义的人揭示出来的。萨特认为"人类的唯一关系就是真实、完整的人之间的关系，而这种关系被改头换面或者保持缄默，它永久存在于群众内部并且只存在于那里"。困囿于萨特关于注视的理论，梅洛-庞蒂只想从萨特思想中看到这种关系，但是在他所参照的文字中，注视只是作为对一种完整关系的揭示出现的。对于群众的存在，萨特说过，"它将对人性的彻底要求引入到一个非人性的社会中。"在这一点上，他是与马克思接近的，后者同样将无产阶级看做唯一能够否定异化的，而整个社会是生活在其中的，因为无产阶级感到自己被社会化为乌有，而资产阶级却满足于"人性的表面"。马克思谈到一种革命的绝对命令，而梅洛-庞蒂却不会指责他仅仅

① 《共产主义者与和平》第三卷，第1792页。——原注

依据一种道德选择来解读历史。梅洛-庞蒂自己也承认，在萨特思想中，如同在马克思主义思想中一样，真理与伦理决定之间的这种来回往复是政治判断的特征。

然而梅洛-庞蒂执意将萨特的政治态度彻底主观化。他认为萨特非但不质疑共产主义行动，反而以造物主般的方式决定将之纳入"萨特式的计划"。"问题不是了解共产主义行动走向哪里才加入或者不加入，问题是要为共产主义行动在萨特式的计划中找到一种意义。"[①]这个计划又是什么呢？如果是要"通过未来去赎罪"——在萨特作品中没有任何东西对应这一表述——为什么要更偏爱这一种未来呢？有共产主义行动之外的其他行动啊。另一方面，如果必须用主体的狂妄自大来解释萨特，为什么他等了那么久才贪婪地吞下共产主义呢？

梅洛-庞蒂在下面的事实中找到萨特的主观主义的证据，即萨特从某些有具体时效性的事件出发来建立他与共产主义的新关系的，他忘记了他自己是继一个同样有具体时效的事件——朝鲜战争——之后才选择了反共产主义的；意识的取得，是在现时进行的，是处于一个确切时刻中的，所以能够揭示一个客观现实并且引发一种不局限于当下的介入，这似乎是一种常识。另外，萨特在《共产主义者与和平》中已经花了足够篇幅解释，是因为发现了共产主义行动的真正意义及其必然性，

---

① 《辩证法的历险》，第 261 页。——原注

他才加入其中。他的态度是明确的，只要读过他的论述而不被伪萨特学说蒙蔽就会明白。他相信资本主义中存在一些矛盾，使得被剥削阶级的处境变得无法容忍，将我们所生活其中的社会变成一个非人社会；为了他自己和其他紧密相连的人，他希望消灭我们所有人都遭受到的异化，但是只有那些最弱势的人才真切地感受到异化；他了解只有无产阶级才掌握着改变世界所必需的力量，而无产阶级需要党作为媒介才能有效地使用这些力量；所以他决定加入那些与他希望共同东西的人，他们拥有实现它的手段，这就是他介入的意义。

但是梅洛-庞蒂拒绝同意萨特式的介入是从正面来定义的，拒绝认为它会达成一种真正的行动。他认为，一种纯粹的意识只能够与世界保持远离，而不是具体地投射到世界上，所以介入对于萨特而言，始终会是自我释放；自由只是作为否定意义出现的，而当萨特声言行动的时候，他仅限于观察。梅洛-庞蒂忘记了，在真正的萨特思想中，从来没有纯粹意识，我们已经说过，还需要重复说，萨特式的意识只有迷失于世界中才存在，是介入的，是体现于一个身体和一种处境中的；人只有从一些正面意义的计划出发在世界上进行行动才使得自己存在，而这些计划始终有着一种时间性的厚重的。除了萨特关于人为性的理论之外，梅洛-庞蒂同样将他关于时间的哲学全部抛弃。他认为在萨特思想中同在笛卡儿思想中一样，时间是一种持续的创造，所以自由只可能通过一些无中生有的闪光来得到表现，它们彼此间没有联系，自由不允许任何真正的行动，而只能允许"一些对世界瞬时的介入，一些观点的采取，一些瞬间景象"①。在伪萨特思想中没有作为，人们只看到一种 fiat②，其魔力的维度类似于注视。而梅洛-庞蒂合乎情理地向伪萨特解释说，真正的行动是咬住事物不放的，是在时间中展开的，包含着失败的可能，它建立在一种选择之上，选择则根植于我们的生活。

然而，萨特在《存在与虚无》中却是明白地反对在笛卡儿和胡塞尔思想中所见到的那种关于意识的瞬时性的概念：那三种时间的外逸对于他而言是不可分的，而我思本身在其迸发中包含着一个过去和一个未来。尤其是选择，它本身总是保留着它正在超越的过去："一个皈依宗教的无神论者并不简单地是一个信徒，这是一个否定了自身的无神论的信徒。"而且选择始终在投射一种未来："选择，就是让具体而且持续的时间的绵延的某种扩张随着我的介入而涌现出来。"在这一时间绵延中，行动根据一个目的决定手段。萨特细致区分了在想象中的那种直接确立目标的情感态度的决心和在世界的真实厚度中为选择作媒介的作为。"行动，就是改变时间的面目，就是为了一个目的来安排一些手段。"这是一项长期的事业，它决定"超验存在中的一种改变"。因为紧咬着现实，这现实是或然性

---

① 《辩证法的历险》，第 259 页。——原注
② 拉丁文，愿此达成。

而非确定性，显然这项事业包含着失败的危险。所以我们与梅洛-庞蒂定义的伪萨特的所谓介入相去甚远，他对介入的定义是作为负面意义，作为瞬时的、魔法的和想象的介入。然而，如果萨特这样介入，他将不可能写作一本书，也不可能在政治上采取行动，他将被逼迫到泰斯特先生那样彻底的无能为力，泰斯特先生正是保持缄默的。

梅洛-庞蒂最引人发笑的就是当他柔声地问萨特："那么我如何在时间上确定我的选择呢？我不断地发现它们之前的选择……"①因为萨特全部作品中的一个主要主题，就是每个人生的总体性特点：有一种超验的意义———一种明晰特性——使得我们所有的经验选择统一起来，每个经验选择都根植于我们的过去。自由并非误解的偶然性："自为的存在的自由始终是介入的，这里谈的不是一种不确定的力量而且先在于他的选择的自由。我们只能将自己作为正在自我形成的选择来把握。"萨特将思考当做一种纯粹抽象。"当我考虑的时候，赌博已经开始。"在他看来，绝不存在选择的开始时刻。"我永久地在选择着自己。"让我们读读《波德莱尔》、《圣徒热内》、《亨利·马丁》，我们将看到萨特并没有等着梅洛-庞蒂到来才去疑惑人们不是通过一种突然闪现的而且没有前例的决定而成为诗人和共产主义者的。

---

① 《辩证法的历险》，第 265 页。——原注

回到萨特本人，共产主义行动不是一系列的抽搐的暴力发作，他的加入也不归结为一系列的从远距离取得的意识。梅洛-庞蒂说，萨特"了解人们想要改变世界"而他同情这一意向，这是不承受这一意向的一种方式。事实是他是属于那些想要改变世界的人的，而且他选择了他的具体处境即作为一个资产阶级作家的处境使他能够企及的手段。

就这一点，梅洛-庞蒂对他进行了最具矛盾性的指责。他宣称："介入对于他而言，并非联系着历史来进行自我解释和自我批判，而是自己重新创造与历史的关系……就是刻意置身于想象之中。"[①]在萨特与其他知识分子，其中包括梅洛-庞蒂，试图创立一个非共产党的左派联盟的时候，这样的指责或许还有意义，在今天这指责就让人吃惊了。正是因为联系着历史来进行自我解释和自我批判，萨特才明白通过自己的力量或者与其他与他一样的同类联合都无力改变世界，他决意进行的那一类行动是他自身客观处境作为唯一真正有价值的东西指示给他的，即与那些能将他想赋予历史的意义加诸历史的真正力量进行联盟。

这一联盟，梅洛-庞蒂反驳说，只是思想，是被说出的、被想象出的，它不具有行动的重量。"用纯粹的思想来对待身为一种行动的共产主义或许没有什么意义。"[②]但是难道梅洛-

①　《辩证法的历险》，第 262 页。——原注
②　同上书，第 237 页。——原注

庞蒂不是曾经指责伪萨特说他错误地在行动与思想之间挖出一道壕沟吗？这种主观臆断的反驳是什么意思？不存在纯粹的思想，因为任何揭示都是行动，而且没有任何行动是不包含某种揭示的，我们真的看不出"思考共产主义"在哪方面是一种矛盾之举。另一方面，萨特的介入并不限于此。梅洛-庞蒂断言——是反对萨特的，他认为萨特是错误的——"任何行动……始终都是象征性的行动，既期望着事件中的一些直接结果，也期望着将达成的后果是有意义的举动"①。所以萨特的入党即使在事件中没有直接结果，至少也具有一种有意义的宣示所具有的不可忽视的现实性：他入党可以是一个榜样，一种召唤。梅洛-庞蒂改变了主意，他在要求直接的结果了；如果我们不说出"我们的行动将如何来解放无产阶级"，那么帮助无产阶级解放的意愿就失去信用。不论马克思和列宁，还是任何活动家，都没有预先制定这样的行动纲领，如果萨特尝试这样做，那时人们将可能把他当做乌托邦空想家。他曾在《答阿尔贝·加缪》中谦逊地说过必须尝试着赋予历史我们看来最好的意义，"不放弃借助任何要求这种意义的具体行动"。这是对梅洛-庞蒂提出的非此即彼的二元选择的一种合乎常理的回答，这一二元选择是要么拥有一种解放无产阶级的方案，要么就袖手旁观。仅限于完成那些由情境

---

① 《辩证法的历险》，第 270 页。——原注

规定的具体行动，人们选择"与世界的协调而不是进入世界之中"①。但是要如何进入这个我们已经置身其中的世界呢？梅洛-庞蒂将他自己进入世界的日子定在哪一天呢？他还指责萨特没有"将世界担负起来"，但是他却并不明确说这种泰坦巨人的担负行动具体是什么。而他更为正确地说过："任何行动都不会担负正在发生的事情。"

他会回答说正是如此：正因为萨特想将一切都担负起来，他才无法具体地投身于一种真正的事业，人们只能通过梦想来达成一切。也许吧。但是再一次，他被错误的认识蒙蔽，认为萨特哲学是直觉哲学，是企图包罗一切的哲学。对于萨特而言，意识总是介入的，它必然是有限，而且他的意思是行动仅仅是作为有限的、受限制的、处境中的个体来行动。

"这仅仅是给生活在资本主义世界的人的一种答案，"梅洛-庞蒂再次反驳。事实是萨特生活在这个世界，而那些共产主义者也同样；为改变社会而进行的斗争是在社会内部进行的，正应该去它内部寻求解答。但是梅洛-庞蒂说，萨特的解答是不会被共产主义者接受的。"是他在宣布共产主义与外部的反对之间的共存关系。"这里，我们想到了芝诺的诡辩，他巧妙地证明飞毛腿阿喀琉斯永远也追不上乌龟。在萨特与共产主义者之间有着友好的共存，这是个事实，没有任何东西允许

---

① 《辩证法的历险》，第 259 页。——原注

梅洛-庞蒂宣称共产主义者不理解萨特：理解并不意味着等同，而仅仅意味着友谊；萨特证明他通过与他们联合而理解共产主义者，由此他们认可了这种联盟，他们反过来也理解了他。将一种通过体验来自我证明的态度封闭在一些形式上的矛盾之中，这是无用的。

实际上，要想确定萨特的选择仅仅服从一些主观动机而在现实中没有什么东西能为他证明，那么梅洛-庞蒂就必须成功证明客观性的重量是倾向反共一方的。让我们来审视他的证明。

朝鲜战争向梅洛-庞蒂揭示出莫斯科审判、苏德和约、布拉格事件都无法向他揭示的东西：革命的否定性化身为一些活生生的人，他们正面地存在着。他从中得出结论："革命社会有其重量、其肯定性，它不再是绝对的他者。"梅洛-庞蒂先将自己送到至高无上的高度再急急回落到思想，期待着一种神奇的圣餐变体①，他于是得出结论："革命作为运动是真实的，作为制度而言是假的。"例如，在普雷维尔的一首诗里，一些不满意自己实验结果的学者做出决议："假的是这些兔子。"

不，梅洛-庞蒂会说：这并不是一种主观的欺瞒，而是一种内在于革命进程的矛盾。充其量，革命进程所建立的制度是

① 基督徒领圣餐，圣饼与葡萄酒代表基督的肉与血。

153

相对具有合法性的，然而："一场革命的本质就是自认为是绝对的。"的确，他说："人们并不是为了一种相对的进步来杀人。"那么谁会在不确信创造另外一种社会"因为它就是善"的情况下进行一场革命呢？好呀！确切说来，正是那些革命者。梅洛-庞蒂反驳伪萨特说我们的意图不针对一些封闭的意义，而且我们的意愿也不针对既定的目标，他现在却似乎在假设进行革命事业之前有着一种思考，在思考中绝对的善的思想取得了决定权。历史却向他证明，革命的爆发并不事先保证自身的合理性；在革命的起源处发现的，并非对一座太阳城的承诺，而是那些最微薄的要求。当人们在一八四八年关闭国有工厂的时候，工人们走上街头；他们杀人并使自己被杀，不是为了绝对的或者相对的进步，而是为了工作和面包；人们出于饥饿，出于愤怒，出于绝望而杀人，人们为了活着而杀人；其中关键因素是无穷的，因为那就是生命本身及其无限的可能，但是它绝不会采取一种天堂式社会的正面的乌托邦的面目。之所以梅洛-庞蒂提出相反的假设，那是因为他对于急难中的处境一无所知；不论是需求这个词还是需求的概念都没有出现在他的分析中；从危急中涌现出一种绝对，它是反叛和拒绝的绝对，这种绝对不留闲暇给革命者去进行总结。在写字间的安宁中，梅洛-庞蒂能够对自己说，如果革命不实现绝对的善，那么就得不偿失，但是只有他自己在说话；革命却仅仅是背叛他的梦想，而不是背叛革命本身。

他会说，不管怎样，对于置身事外思考革命的人来说，革命不再有权得到一种有利偏见。革命能够完成的相对进步也可以通过其他途径获得。于是梅洛-庞蒂带着让人吃惊的天真发现了改良主义。"问题是了解在一个不企图从基础上重新创造历史，而只是改变历史的制度中并没有更多的未来。"梅洛-庞蒂似乎认为革命者是一些对问题无知的人，于是他们通过否定来解决问题。他们同马克思一起判定，只有从根基上向剥削进攻，从剥削中解放出来的这种未来才能够被创造出来，而他们想要的正是这种未来。用数量方式来提出问题是一种无意义之举。此处我们触及到这种思想的内部缺陷，这种思想假装相信阶级斗争，却坚决对之不予考虑。当梅洛-庞蒂决定反共产主义的关注应当是进行盘点时，他犯了他归咎于伪萨特的那种错误：他一下子将自己定位于历史之外，企图统观被压迫者与压迫者之间的斗争，而且通过将世界列入方程式来区分斗争者。但是在一个被撕裂的社会中多与少的标准是不可能确立的，在特权者眼中是赢利的东西在被压迫者那里就是损失，反之亦然。普遍利益的想法是一种如此过时的故弄玄虚，我们好奇这些资产阶级经济学家怎么还敢将它重新拿来使用。

在等着完成盘点清单的同时，梅洛-庞蒂仅限于提出对苏维埃制度的清算：为了反对苏联，他将遍及阿隆所有著作中和《晨曦》所有栏目中的控诉拿过来；尤其是他重新发布了马基雅弗利派的口号：革命只是精英的新老接替。他总结说："人们对苏联所了解的东西并不足以证明无产阶级的利益在于这一体制。"但是人们对于法国所了解的东西就足以证明无产阶级的利益在于维持法国现有制度吗？梅洛-庞蒂会回答说，不是要维持这一制度，而是置身其中来改变它。那么，苏联与此何干？不如让我们将通过精英的有意识行动来改良的法国之未来与将从一场革命中诞生的法国进行对比。梅洛-庞蒂说，革命必然建立起一种不纯粹的权力，但是没有冲突没有暴力地延续梅洛-庞蒂自己称为不可证明合理性的事物状态的那种权力就是纯粹的吗？他怀疑革命行动，因为："革命行动是秘密的，不可验证的……"他所提出的行动就是可验证的吗？

这里暴露出他的自欺。他想通过在议会制度框架内的努力来改变历史，因为议会是唯一确保最起码的反对与真理的机构；然而他承认民主的游戏不利于无产阶级；要求通过共产党，通过罢工和民众运动，让工人阶级有可能拒绝游戏规则，他希望通过这种要求来弥补这种矛盾。因此新的自由主义"甚至让反对我的世界的东西也进入我的世界中"。这种妥协属于一种令人作呕的伪善；如果议会游戏对工人不利，那并非偶然：既然梅洛-庞蒂承认存在阶级斗争，他就知道资产阶级民主必然针对无产者来施行权力；资产阶级民主可能致力于掩盖不公正，但它却不愿意消灭不公正。所以新自由主义的让步只可能是故弄玄虚：革命运动作为"有益的威胁"被宽容，但只要显得危险，便会被镇压。梅洛-庞蒂一定是昏头昏脑了才期望一个与无产阶级敌对的阶级在我们把重新创造历史的责任交付给它时就会为我们来创造历史。

那么梅洛-庞蒂对这种制度的信任是从何而来呢？这来自于他承认一种反对的存在。梅洛-庞蒂将反对混同于反对党在议会中徒具的外表，实际上他不可能在议会制之外的其他地方看到反对党。但是，他对于自我批评，以及对于苏联或者实行自我批评的共产党的指责，并不比炼丹术士、星象家、某个魔法师对于科学的自我批评的指责更有影响力。科学的大厦是通过激烈的辩论与争吵，通过消灭谬误创造新真理建立起来的；构成科学历史本身的批评进程，它唯一的限制就是它从不回过头来反对科学体系整体；这并不意味着那些落伍者、迷失者、预言者、幻视者、通灵者中没有一些有趣的个案，他们都在打击与他们同时代的科学，但是这些个案没有任何科学的存在。因此在想要从普遍性的模式上建立社会的一场运动或者一种制度中，批评可以走到极远，引发一些反复、一些化身为真理的谬误，反之亦然，只要让批评被纳入正在完成中的正面意义的工作中。不论是谁真的想要这种建设成功，他都会接受一种规则，这规则对他自由的剥夺并不超过科学学科对学者自由的剥夺；因为一个反对无产阶级的制度允许反对党选择它，选择一个人们从原则上不赞同的制度，这是让批评优先于行动，而批评只应该是行动的保障，这是让表达言论的抽象快乐优先于重新具体地建立世界的愿望。而且这也是与无产阶级决裂，他们却声称拥护无产阶级的事业，我们知道无产阶级的反对是不被这种议会接受的，议会将互相争吵的权利仅仅让与那些享有特权的人。

其实，无论梅洛-庞蒂如何宣称，为无产阶级选择这一思想本身，都意味着他不再相信阶级斗争，即他站在了资产阶级那边。如果有斗争存在，就不可能为无产阶级做任何事情却不是同无产阶级一起向往。"问题是了解对无产阶级来说共产主义是否值得它的代价，"梅洛-庞蒂说；他隐约看到一种对共产主义—资本主义冲突的超越。"我们隐约看到一种普遍化的经济，它们都是这种经济中的个别案例。"但共产主义不仅是一种经济体系；它有着一种人性维度，它表述了某些人的意志，他们首先要求将自己的生命掌握在自己手中，而不是承受精英强加于他的命运。如果决定不顾及他们的意志来创造他们的幸福，那就是延续压迫。阶级斗争意味着在任何经济中，不论多么普遍化，人们都无法合并剥削者的意志和被剥削者的意志。

为无产者着想，不是远远地向他们的苦难致敬而置之不理，是要认真对待他们的意志。自从梅洛-庞蒂不再将共产主义看做一种活生生地根植于被剥削阶级的需求和反抗中的现实，而是当做一种想象的游戏，他就坚定地站在资产阶级走狗一边了。在他的思想中，共产主义成为阿隆思想中和所有资产阶级思想家眼里的乌托邦。而现存的世界，尽管其缺陷使之无法证明合法性，却导致一个有利的偏见。意味深长的是，梅洛-庞蒂为反对共产主义而翻版了人们从前用来反驳帕斯卡尔的信仰赌博的那套东西："想象中幸福的永恒抵不上生命中的瞬间。"这是暗示说，无产者必须在一种虽然微薄却真实的圆满与一种空洞梦想的空虚之间进行选择。对于他们而言，是要不惜一切代价来摆脱一种境遇，但梅洛-庞蒂在后面也承认，这种境遇让他们无法生活下去。总之，梅洛-庞蒂在这里回到了保守派呆板的谨慎："人们知道会失去什么，人们不知道会得到什么。"这意味着他将自己认同于那些有什么东西可失去的人，认同于认为对于这个社会的清点结果是正面的那些人，简言之，就是认同于特权者。他确实揭示出无法证明其合理性的社会同样具有一种价值。或者在这里他只是将马克思和恩格斯的认识拿来用，他们是通过一首对资本主义的赞歌来作为《共产党宣言》的开篇的：一个社会的价值是由它包含的超越自身的可能以辩证方式确定的，而社会仅仅是为了被超越才将自己提出的，共产主义也是如此。或者他与马尔罗及其他西方文明的卫道士一同作出决定，人可以宁愿爱价值而不是爱人。资产阶级的分析思想将压迫局限于社会的一个领域，承认这种特殊的恶可以与其他的善结合在一起。马克思的综合思想，如同萨特的综合思想，认为剥削从整体上败坏社会：综合思想通过压迫来衡量价值；这正是萨特思想中号召的意义——被梅洛-庞蒂完全误解——号召对最弱势者的关注。对于梅洛-庞蒂而言，所有价值都受到一种否定符号的影响，价值只有拒绝否定才存在：人类的每次新的征服在脱离被剥削阶级的同时加剧了被剥削阶级贫困的深渊。当人们站在无产者立场上，那些无法证明合法性的社会所包含的价值非但不能为它们进行辩解，反而只会让它们变得更加无法证明其合法性。我们遗憾地提醒梅洛-庞蒂这些初级的真理，他在《人文主义与恐怖》中正确地写道："一个社会的价值等于在这个社会中人与人关系的价值。"如今，他却决意与阿隆一同宣称阶级斗争是一个过时概念，或者向朱勒·罗曼握手言和，才坦然归附于对群众的蔑视，归附于精英道德，这些是在我们西方思想者中很有市场的。但是写下如下话语："一部无产阶级在其中毫无意义的历史并非一部人类历史"，而同时归附于将无产阶级归结为毫无意义的制度，这真是最厚颜无耻的欺骗把戏。

对于我们在梅洛-庞蒂思想中，不论是哲学层面还是政治层面都看到的这些重大的前后不一要如何来解释呢？从《辩证法的历险》中得出的结论，首先是他曾经受害于法国大学教师中传统陈旧的唯心主义。他们中间一位在谈到第一次世界大战时写道这是"笛卡儿对康德的斗争"。因此，梅洛-庞蒂从朝鲜战争中看出一种马克思主义与斯大林主义的对峙：那些朝鲜人在这件事中价值为零。他提出无产阶级是否本身就是辩证的疑问，至于那些无产者嘛，他从不关心。对于他而言，革命"就是对权力的批判"，具体的革命在人类具体处境中所导致的变化，他不予重视。他回到了哲学的前康德时代，制造出一些概念间的对立，他以此授权自己否定世界的活生生的真相，由此批评与权力的概念相互排斥，所以必须将革命作为谎言来加以否定；或者相反，他建立起一些理想化的综合，他将此与一些具体的解决混同起来：如果一种普遍化的经济包含共产主义和资本主义，那么共产主义者与资产者便和解了！他界定一种自由主义，它包含着反对自由主义的内容，他竟然断言新的自由派将会真正尊重革命运动，圣安塞姆曾经通过一些类似手段来证明上帝的存在。

似乎正是这种将理念置于具体的人之上的优先性解释了梅洛-庞蒂的反复。革命曾经吸引他，因为他从革命中看到一种已经在场的真理，而且对这真理的揭示尚不久远。纵观他的书，我们感到他对革命的黄金时代的怀恋，这个时代既不处于事物的现实中，也不处于贴近这一现实的马克思主义中，而仅仅处于梅洛-庞蒂的内心生活中，于是无产者"既是力量又是价值"，他握有一个使命，是这个词的神圣意义上的使命。梅洛-庞蒂说，现在必须将共产主义"世俗化"，这意味着他曾经将共产主义神圣化：如果共产主义不再是反共者声称它是的东西，即一种宗教，那么失望的梅洛-庞蒂便决意只将之看做一种乌托邦。他曾经为了反对伪萨特而捍卫或然性的权利，如今或然论却将他引向不可知论；如果革命包含着一种也许而不是一种光芒四射的确信，如果它是作为尚需完成出现而不是一种已经完成的真理，梅洛-庞蒂便指责那些想要革命的人企图无中生有创造出革命，他在胜利的肯定与绝对的怀疑之间看不到中间余地。因为不确信临近的未来会有辉煌顶点，他把赌注下在失败上。正在这一点上，他在政治上站在萨特的对立面。对于萨特而言，革命的真理，不是临近的或者遥远的胜利，它首先是现存状态的阶级斗争。这种斗争旨在未来，但是发生在现时：在现时，必须与被剥削者联合起来反对剥削，拒绝让他们为这种经过改进的资本主义付出代价，当权阶级乐于将这种资本主义看做一种灵丹妙药。如果说战斗是困难的而且不确定的，萨特却并不认为这是一个投身相反阵营的理由，相反，正是这个时候他才更觉得他应当协助。

涉及共产主义时，梅洛-庞蒂的情绪似乎反映着一个有宗教信仰的灵魂对于一个过于人性的世界的不满。由此部分地解释了他对于萨特的愤怒，萨特的道路正与他相反。他对伪萨特学说的先验的构建同样让人吃惊。确实，梅洛-庞蒂从未弄懂过萨特。早在《知觉现象学》中，他就冷漠地否定了关于介入的自由的整个萨特的现象学。虽然我们同意将萨特的本体论与现象学相调和会引起一些困难[1]，但却无权从他手里将"锁链两头"中的一头夺下来而去像梅洛-庞蒂那么说话；这种暴行

---

[1] 梅洛-庞蒂非常了解萨特在准备一部哲学作品来正面面对这一问题发起进攻。——原注

在今天看来比十年前更让人不齿，因为纵观萨特作品的发展，他越来越强调自由的介入的特性，强调世界的实在性，意识的体现，亲历时间的延续性，整个生命的整体性特点。然而梅洛-庞蒂却并非不了解萨特的书籍：当他答复伪萨特时，他自己通常表述的是萨特本人的思想，他使用的词汇与萨特曾经用过的那些词似曾相识，我们已经对此举过很多例子。也许他与萨特相同的那些认识在他看来是唯独他所有的，因此他为自己要求对这些思想的独创权，发明出一种作为反梅洛-庞蒂主义的萨特思想，这个方法是懒惰而且不大诚实的。人们或许会恭喜他创立了一种哲学，超越了萨特思想中的那些困难，那些困难却不能允许他歪曲篡改萨特。同样不大诚实的是，他利用伪萨特来凭空杜撰，却不会因为替反共辩护来损伤自己名誉。他没有明确向我们解释反共如何"进入世界"并"将世界担负起来"，梅洛-庞蒂从负面意义上提供了反共的伪善形象。如果有意识而且经过深思熟虑的行动只是一个梦境，如果在关注他人的时候我们做的只是关注自己，如果与无产阶级联合是超级自恋，那么只要去做梦就能够成为一个行动的人，那么放弃行动与自私自利将成为服务人类的最有效方式，我们明白这些巧言令色是会让《费加罗报》与雅克·洛朗先生着迷的。

似乎儿童所经历的那些退化期会有助于他们的成长，也许这些退化期在成年人的生命中也有其用处，就让我们期望《辩证法的历险》没有一种更为确定的意义。梅洛-庞蒂恼火于自己曾经太长时间将康德当成了马克思，他认为可以通过将萨特当成康德来把事情办妥，无疑他最终会还给每个人属于各自的位置。他害怕萨特会拒绝在行动尚未成功的情况下去做阐明。但是如果梅洛-庞蒂没意识到纯粹的断言会导致与纯粹行动同样的疯狂，那么我们将不得不惋惜他尚未成功阐明就已经放弃了行动。

SIMONE DE BEAUVOIR
Faut-il brûler Sade?

本书根据伽里玛出版社 1972 年法文版译出
ⓒ Éditions Gallimard，1972
Première édition sous le titre de *Privilèges* en 1955
All rights reserved
All adaptations are forbidden.
Sale is forbidden outside of the People's Republic of China.

图字：09‐2006‐480 号

图书在版编目(CIP)数据

要焚毁萨德吗 / (法) 西蒙娜·德·波伏瓦著；周
莽译. — 上海：上海译文出版社，2024.4(2024.11 重印)
ISBN 978‐7‐5327‐9554‐3

Ⅰ.①要… Ⅱ.①西… ②周… Ⅲ.①随笔—作品集
—法国—现代 Ⅳ.①I565.65

中国国家版本馆 CIP 数据核字(2024)第 021875 号

要焚毁萨德吗	SIMONE DE BEAUVOIR	出版统筹 赵武平
	[法]西蒙娜·德·波伏瓦 著	责任编辑 缪伶超
Faut-il brûler Sade？	周 莽 译	装帧设计 董茹嘉

上海译文出版社有限公司出版、发行
网址：www. yiwen. com. cn
201101 上海市闵行区号景路 159 弄 B 座
上海中华印刷有限公司印刷

开本 890×1240 1/32 印张 5.5 插页 2 字数 88,000
2024 年 4 月第 1 版 2024 年 11 月第 2 次印刷

ISBN 978‐7‐5327‐9554‐3
定价：45.00 元